Андрей **КИВИНОВ**

КОШАЧИЙ КОГОТЬ

Санкт-Петербург
Издательский Дом «Нева»
2003

ББК 84. (2Рос-Рус) 6
К38

Кивинов А.

К38   Кошачий коготь: Рассказы. — СПб.: Издательский Дом «Нева»; М.: «ОЛМА-ПРЕСС», 2003. — 319 с.

ISBN 5-7654-2879-7
ISBN 5-224-04427-8

Что бы вы подумали, прочитав в газете объявление: «Рыженькие киски скрасят ваш досуг. Прекрасные впечатления на долгие годы. Звонить вечером...»? Бравые оперативники Витек и Юра решили, что это реклама борделя. Под видом клиента Юра проник в бордель, Витек с ОМОНом сидят в засаде, выжидая своего часа, чтобы взять всех с поличным. Но, планируя налет на злачное место, они представить не могли, с ЧЕМ столкнутся...

ББК 84. (2Рос-Рус) 6

ПОП-КОРН

Назойливый свет уличного фонаря, проникающий через плохо задернутые шторы, бил точно в правый глаз, не давая заснуть. Я перевернулся на другой бок, но это не помогало, казалось, свет отражается от спинки дивана. Придется опять вставать и поправлять штору. Пять минут назад я вставал, чтобы выключить обогреватель. В ординаторской слишком душно. До этого мне мешало тиканье будильника, пришлось сунуть его в шкаф. А может, я просто маялся бессонницей. Надо было дернуть граммов сто после вечернего обхода. Или почитать криминальный бестселлер. Говорят, хорошее средство. На третьей странице засыпаешь здоровым, крепким сном.

Когда я, ворча, влезал в ботинки, в стеклянную дверь едва слышно постучались.

Настенные электронные часы высвечивали полночь. Боже, кого там еще принесло? Нет, сладких снов мне сегодня не видать. Нащупав в темноте выключатель, я зажег настольную лампу и отозвался.

— Да, войдите.

Это был рыжеволосый больной из четвертой, отдельной коммерческой палаты. Длинный и нескладный, чем-то напоминавший сильно похудевшего игрушечного Буратино на шарнирах. Или скорее, простодушных и рассеянных героев Пьера Ришара из ранних комедий. Три недели назад его доставила «скорая». Кажется, его зовут Дмитрием Андреевичем. Фамилия замысловатая, не помню. Двадцать восемь лет, перелом носа со смещением, перелом челюсти в двух местах, сотрясение головного мозга, состояние удовлетворительное. Травма получена при неизвестных обстоятельствах. По крайней мере, так записано в карточке. Опыт подсказывал, что вряд ли больной поскользнулся или упал со ступенек эскалатора. Мозг рыжего бедняги сотрясали путем грубого воздействия тяжелого предмета на лицевую часть черепа. Скорее всего, кулака или бейсбольной биты.

Впрочем, меня это мало интересует. Моя задача залатать челюсть, а с тяжелыми предметами пусть милиция разбирается, которая, кстати, уже навестила пациента. И даже зачем-то выставила круглосуточную вооруженную охрану — двух крепышей в камуфляже. Из чего следовал вывод, что пациент — особо важная персона, хотя, каким общественно-полезным трудом занимается в этой жизни, я не представлял и близко.

Сегодня я снял ему шину, и теперь он мог полноценно общаться с окружающим миром. До этого приходилось объясняться на языке жестов, либо посредством письма. Ему, если можно так сказать, еще повезло — не пришлось вживлять в челюсть титановую пластинку. Тогда б еще месяц он молчал и принимал жидкую пищу через специальную трубочку.

— Простите, Павел Валерьевич. Вы не спите?

— Нет, — раздраженно ответил я, щурясь от света лампы.

Спать на дежурстве нам вообще-то не рекомендуется, но, как говорит одна реклама, правила существуют для того, чтобы их нарушать. Здравоохранение державы абсолютно не пострадает, если часок-другой я прикорну на скрипучем диване.

— Что случилось?

— Ничего, абсолютно ничего... — Парень, смущаясь, подошел к столу, сунул руку под пижаму и извлек небольшую черную бутылку. — Просто мне тоже не спится... У меня тут есть... Может, посидим? За окончание моих мучений?

— Я на дежурстве. И больница, пусть даже небольшая, не ресторан. Когда выпишетесь, тогда и пригласите. Приду с удовольствием. Если не ошибаюсь, Дмитрий Андреевич.

— Сергеевич... Так а чего выписки ждать? — Больной извлек из пижамы пару лимонов и импортную баночку с пряной селедкой. — Главное, дело на поправку пошло. Я ж чисто символически, из уважения, так сказать. За ваше высокое профессиональное мастерство. Это виски. Настоящее, из Америки. Не Турция какая-нибудь и не Польша. Прямо из Лос-Анджелеса. Сам вез. Одну бутылку таможня отобрала, а эту сохранил. На особо ответственный случай. Выпьем, поболтаем...

Вероятно, за время вынужденного молчания Дмитрий Сергеевич изголодался по живому общению и с такой голодухи решил наброситься на мою персону. Едва уловимый акцент подсказывал, что последнее время больной усиленно практиковался в изучении английского либо жил за рубежом. Если, конечно, этот акцент не последствие перелома.

— Послушайте, ступайте в палату. Если не спится, могу дать успокоительное. Я устал и хочу отдохнуть.

— Пожалуйста, пожалуйста... По одной стопочке, и я уйду,— не унимался больной,— за здоровье и родную медицину. Ужасно хочется.

Он осмотрел стол, заметил старый скальпель, торчащий из баночки для карандашей.

— Простите, я воспользуюсь...

Взяв скальпель, он срезал прозрачную упаковку с бутылки и с хрустом свернул пробку.

— Стаканчиков нет, Павел Валерьевич? Или я схожу...

— Не надо, у меня есть, — я понял, что сопротивление бесполезно, а сто граммов, действительно не помешают, иначе черта с два уснешь.

Свернув одеяло и спрятав его в диван, я извлек из залежей стола пару пластиковых стаканчиков и поставил их перед ночным визитером. Тот проворно нарезал скальпелем лимоны и распечатал банку с селедкой.

— Если закуски маловато, я принесу.

— Хватит.

— Нет, пожалуйста, вы не стесняйтесь, у меня в палате запасов много. Жена накупила, а мне сейчас, кроме каши, ничего и нельзя.

— Хватит,— повторил я.

— Well*.— Дмитрий Сергеевич разлил виски по стаканам.— Я с содовой так и не привык пить, но вам могу разбавить.

Из второго кармана волшебной шелковой пижамы на стол переместилась пластиковая бутылка «Швепса». Пижама, к слову сказать, не принадлежала нашему загибающемуся больничному хозяйству, а, вероятно, была приобретена родственниками пациента по случаю. Что вполне естественно для людей, не стесненных в средствах, а

_____

* Well *(англ.)* — хорошо.

судя по всему, больной в них не нуждался. Один браслет на запястье тянул на десять моих максимальных зарплат.

— Мне тоже без содовой.

— O'key.

Мы взяли стаканчики, чокнулись и выпили за мои золотые руки. Я не настолько разбираюсь в виски, чтобы определить — настоящее оно или нет. Остается полагаться на слова собутыльника и надеяться счастливо избежать летального исхода от отравления суррогатом. Закусив долькой лимона, я убрал свой стаканчик в стол, дав понять, что пить больше не буду.

— Напрасно, — покачал головой Дмитрий Сергеевич, присев на стул, — все равно не спите. А если начальства боитесь, то до утра выветрится. Качественная штука. Best.

Да, уснуть теперь вряд ли получится. Виски подействовало не как снотворное, а наоборот, словно бодрящий кофе.

— Я же, говорил, Дмитрий Сергеевич...

— Можно просто Дима, — перебил меня собеседник.

— Я же говорил, Дима, что дежурю, и начальство здесь ни при чем. Могут доставить больного, я должен быть трезвым. Спасибо за виски.

Если честно, многие мои коллеги уклоняются от необходимости трезво глядеть на мир в рабочее время, что приводит к казусам вроде забытого в животе пациента тампона или пинцета. Хорошо, не бутылки. С одной стороны, это аморально, а с другой — в какой стране живем? Лично я, во избежание претензий, стараюсь на работе не усугублять. Хотя заядлым трезвенником себя не считаю.

Взяв еще одну лимонную дольку, я взглянул на его челюсть.

— Где это вас так? Если не секрет, конечно.

— Х-хе, — усмехнулся Дима, — я вам как раз и собирался рассказать. Это весьма любопытно.

Ну все понятно. В отдельной палате можно общаться только с финским унитазом, и никто не услышит душераздирающую исповедь про поход в кабак, заводку и крутой махач с козлами. Про беспредел врагов и собственные мужество и благородство. Все эти истории похожи друг на друга, как одноразовые шприцы или, извиняюсь, пробирки с анализами мочи. Особенно, когда пациент принадлежит к определенным слоям общества. Возможно, мой собеседник как раз оттуда, хотя чисто внешне он больше похож на хронического вкладчика финансовых «пирамид».

— Вы, наверно, думаете, что я надрался в кабаке, завелся и получил по черепу?

— И в мыслях не было. Вы не очень напоминаете драчуна.

— Да, вы правы, не люблю я драться. Хотя у меня разряд по боксу. В легком весе. Еще в институте заработал.— Дима взял кусочек селедки и осторожно, словно сапер, опустил ее в рот, после чего, не жуя, проглотил. — Класс! Не овсянка жидкая. Да, так вот, челюсть... История началась аж год назад. Но сначала, Павел Валерьевич, я хотел бы спросить у вас одну вещь...

Насчет слоев общества я, похоже, ошибся. Братки подобным образом все-таки не разговаривают. Даже если отошли от дел. Много их полегло на наших столах. Да и сейчас человек пять залечивают боевые раны.

— Есть такое мнение — миром правит случай. Вы согласны с этим? Что в любой момент случай может перевернуть вашу жизнь с ног на голову. И от нас по большому счету ничего не зависит.

Меньше всего мне хотелось сейчас затевать философские диспуты. Да еще на какие-то абстрактные темы. Лично меня судьба с ног на голову не переворачивала. Если не считать прошлогоднего падения на гололеде, когда ноги действительно улетели вверх и я заработал перелом шейки бедра. Но судьба здесь ни при чем. Виноваты нерадивые дворники.

— Все может быть, — сжато ответил я. — Хотя есть другое мнение — кто полагается на случай, играет в лотерею. Человек сам хозяин своей судьбы.

— И тем не менее часто бывает и обратное, — Дима направил палец в потолок, — кто-то наверху взмахивает волшебной палочкой, и ты получаешь все, о чем можно мечтать! Причем без особых твоих усилий.

— Смотря, какие мечты... И то, что достается без усилий, как правило, с такой же легкостью улетает обратно. Поэтому лично я предпочитаю каждый день вправлять кости и накладывать швы, а не ждать подарков с неба. Так надежнее.

— Наверно, вы никогда не выигрывали в лотерею.

— Я никогда и не играл... Но, кажется, вы хотели рассказать о своей сломанной челюсти, — я решил поторопить собеседника, иначе разговор грозил перейти в занудную, вялотекущую стадию. О превратностях судьбы можно рассуждать до утра, а в итоге получить ноль на выходе.

— Да конечно. — Дима поудобней уселся на стуле. — Но сначала чуть-чуть о себе. Я по образованию технарь, «корабелку» закончил. Спец по судовым силовым установкам. Редкая специальность, главное, низкорентабельная по нынешним временам. Не интересуют нашу тяжелую промышленность силовые установки моей гениальной разработки. Год в «ящике» стул полировал, потом коньяком паленым на рынке торговал у черных... Если честно, не только торговал, чего уж там. Бодяжили в подвале на пару с бывшим участковым. Я, как человек с высшим образованием, отвечал за высокие технологии — печать этикеток, акцизных марок, закатку пробок. Но, клянусь своей сломанной челюстью, ни один потребитель от нашего «дагестанского пятизвездочного» не пострадал. За качеством продукта и санитарными условиями следил сам. Воду только фильтрованную брали. И красители натуральные. Дегустировал лично. Как видите, жив-здоров. Больших денег я за это не получал, но на скромный быт хватало. Жил тогда один, в коммуналке, на Васильевском. Сам-то я деревенский, из глубинки, мать у меня до сих пор там. После армии в Питер перебрался, в институт поступил. На последних курсах комнату снял, а после деньжат накопил да выкупил ее за четыре тысячи.

«Действительно, интригующее начало. Вряд ли кто еще сможет похвастать такими необычными приключениями. Провинциал, приехавший в большой город за счастьем. Какая редкость».

— Год назад рынок разогнали, трехсотлетие Питера, внешний облик города и прочая пурга. Хозяева подпольное производство временно свернули, решили переждать. Остался, короче, без трудовой копейки. А с запасом, отложенным на черный день, долго не протянешь. Денежки они не микробы — сами не размножаются, тем более в неволе. Там-сям покрутился, а после решил в большой бизнес податься. Что я, глупее других? Справлюсь, как-нибудь. Главное, активная наступательная позиция и деловой настрой... Я с вашего позволения повторю. Вы точно не будете?

— Не буду, — кивнув, подтвердил я.

— Well... Одному вообще-то нехорошо, я вам «Швепса» налью. Доставайте стакан.

Пришлось достать. Разлив напитки, Дима произнес короткий тост за знакомство и опорожнил тару.

— Отличная штука, хотя и самогонкой отдает.

— Главное, не втянитесь.

— Не, — убежденно махнул рукой Дима, — я на нашем подвальном коньяке не сломался, а уж виски мне теперь как лекарство. Да я и не пью особо. Так, по торжественным случаям, вроде сегодняшнего.

Кабы каждый такой случай был для меня торжеством, то сейчас бы я лежал на Северном кладбище, а от памятника несло перегаром. Если б мне, конечно, поставили памятник...

— Да, так я о большом бизнесе, — продолжил Дмитрий Сергеевич, — если честно, может, и не пришла бы мне эта занимательная мысль. Только матушка позвонила. Проведать, как я в городе существую, да о здоровье справиться. Потом про родину рассказывать стала. Нет повести печальнее на свете... Между делом про рыбсовхоз наш вспомнила. У нас озер много, рыбсовхозы богатые. Были когда-то богатыми, вернее. Мать на таком полжизни, в цеху, аки пчела... А сейчас всё, не нужна никому рыбка. За бесценок сдают, лишь бы купили. Консервный завод акционеры новые раздербанили, рыбу девать некуда. Меня и осенило. А что если там за копейку купить, а здесь за рублик продать. А то и за два. До родины рукой подать, пару суток на машине. Зарегистрирую предприятие, найму грузовик, найду покупателя и буду подсчитывать законную прибыль. Прикинул цену вопроса. Работать, так по-крупному. Тысяч пять для начала надо, минимум. Лучше десять, с учетом накладных расходов и разгула коррупции... Тогда можно закупить пару машин... Помечтал немного, потом на грешную жилплощадь вернулся. Десять тысяч. Кто ж мне даст, за здорово живешь, начальный капитал. В банке залог потребуют, бизнес-план

16

какой-нибудь, да еще и проценты повесят. Ну вы знаете, доктор...

Кредиты в банках я до сих пор не просил, но, разумеется, в курсе, как живет все деловое человечество.

— Знаю.

Пока обещанной интриги я не улавливаю. И даже могу предугадать дальнейший ход событий. Взял деньги в долг, вернуть не успел по независящим обстоятельствам, за что и получил по конопатому носу и скулам. Хотя нет, он что-то говорил о мечте.

— Пришлось идти на поклон к бывшим рыночным компаньонам. — Дима облокотился на стол, аккуратно подперев рыжую голову кулаками. — Компаньоны за небольшой процент указали на нужную дверь и даже отрекомендовали. Без рекомендаций нынче никуда. Человека за дверью звали Шамиль. Свободный бизнесмен из свободной Ичкерии. Нет, не Басаев. Тезка. Но тоже с бородой и тоже наверняка с кинжалом. Или «Мухой». Встретил он меня, правда, гостеприимно. Выслушал проблему, предложил коньячку. Поинтересовался, когда смогу вернуть долг, есть ли залог? Про залог я честно ответил — кроме коммуналки и слова чести инженера никаких резервов. Сроки обозначил. Два месяца. Возможно, три... «Хорошо. Вот десять тысяч, через два месяца вернешь двенадцать. Устроит?» Устроит. Это бизнес, ничего не попишешь. Деньги должны приносить бабки. Расписку оставил, подробную анкету заполнил. О последствиях обмана или форс-мажора услышал. Хотя честному человеку такое лучше не слышать. Да и нечестному. Невольно начинаешь пальцы загибать. Все ли на месте?

Фирму зарегистрировал быстро. Подсказали, кому дать. После по оптовикам бросился — рыбу предлагать. Нашел одного, сводил в японский ресторан, он обещал взять. С автопарком договорился, нанял «КамАЗ» с фурой и «племянником». Это прицеп на их шоферском языке. Они, как узнали, что рыбу повезу, рефрижератор предложили. Это раза в полтора дороже. Я и прикинул, к чему лишние доллары платить? На дворе зима, морозы под двадцатку. Что на родине, что здесь. Никакой рефрижератор не нужен. Прогноз на всякий случай уточнил. Обещали до середины марта холода. За прогноз, кстати, тоже дать пришлось. Снарядил, в общем, за неделю экспедицию и погнался за наживой. Я вас еще не утомил?

— Нет, — честно ответил я. Сон прошел окончательно, а вместо того чтобы страдать от бессонницы на диване, гораздо приятней слушать, как людям ломают кости.

— На родину нормально добрались. К порожняку у гаишников вопросов не было. Рыбку загрузили, бумаги оформили, и назад. Платил я, само собой, не через кассу. Так принято в деловых кругах. Иначе — минус в балансе. Вы в курсе, наверно. В вашей коммерческой палате тоже кассового аппарата нет.

Я согласно кивнул.

— А потом... Эх...— Дима горько усмехнулся и потянулся за бутылкой.

Думаю, пол-литра до конца рассказа ему не хватит. Придется доставать спирт.

— Подъезжаем к Питеру, а на дворе плюс пять. Оттепель врезала. Циклон какой-то с Гольфстрима... Дождь, как весной.

— Глобальное потепление.

— Мне один хрен. Что потепление, что Господь спросонья зиму с летом перепутал.

Рыба от этого тухнет не меньше... Ну ладно, думаю. До базы не сгниет. За час доберемся. Добрались... На КПП омоновцы тормозят. Давай, показывай, что везешь. Не гранаты ли? «Антитеррор» у нас. Я и пошутил, идиот. Да, говорю — гексоген в машине. А в прицепе героин... В общем, мне после уже объяснили, что так шутить с ними противопоказано. Здесь не «Смехопанорама». Ребята сутками стоят. Уставшие, злые. Юмор плохо понимают. «Героин, значит? А ну-ка, давай свой фургон вон на ту площадку, досматривать будем». Я взмолился. Пошутил я, мужики, рыба там. Скоропортящийся товар. Стухнет ведь! «Вот мы и поглядим, что это за рыба, Петросян». Знаете, сколько глядели?

— Думаю, долго.

— Хм... Восемь часов. Эти сменились, другие начали. И что самое обидное, имеют право, гады! Жалуйся потом, не жалуйся! Сам ведь признался. Может, говорят, ты наркоту в рыбьи пузыри заложил. Вот мы и прощупаем каждую. На самом деле ничего они не щупали. Меня с водителем в «скворечник» свой посадили, а в машину даже и не залезали...

20

Дима вновь горько усмехнулся и плеснул на четверть стакана виски.

— В городе еще пару раз останавливали, но я больше Петросяна из себя не корчил. Сразу отстегивал, без лишних разговоров. На базу мы только в одиннадцать доползли. А там, кроме охраны, никого. Я оптовику на трубу звонить, а она отключена. Попали. Не к себе ж в холодильник рыбу перегружать. Оптовик только в одиннадцать утра появился. Фуру открыли, а рыбка плавает. В собственном соку. Санитарного врача вызвали экспертизу проводить. Тот понюхал и руки развел. «Все, не надо экспертизы...»

Собеседник, уже не налив мне «Швепса» и не произнося спич, опрокинул стаканчик. Хотел поморщиться, но это было больно, и он улыбнулся.

— На чем мы остановились?

— На экспертизе.

— Да. Все, сфокусировался, цель вижу... В общем, десять тысяч шамилевских баксов мы благополучно отгрузили на городскую свалку. За две недели до обозначенного в расписке срока.

— Деньги вы не нашли, — предположил я.

— Увы... В институте этому не учили. Позвонил матери, спросил, сколько сможет собрать по родне. Максимум, десятую часть. Хорошо подзалетел. Достоевский и Бальзак, конечно, тоже всю жизнь занимали и не всегда вовремя отдавали, но я не Достоевский. К Шамилю в урочный час не пошел. Я понимаю — так порядочные люди не поступают. Но испугался я, если честно. Будь это не Шамиль, разумеется, позвонил бы, объяснил ситуацию, отсрочку попросил. А с Шамилем эти разговоры нелепы по сути. Решил, если сам проявится, тогда и расскажу все. Надеялся в глубине души, вдруг он забыл? Человек занятой, да и деньги не очень считает. Десятью тысячами больше, десятью тысячами меньше... Не забыл... На первый раз меня практически не били. Два удара по печени, это просто смех. Мануальная, так сказать, терапия, разогрев перед большим концертом. У подъезда ждали. Двое гостей с солнечного Кавказа. Абдул и Абстул. По размеру их рубильников я сразу понял, что мой первый разряд, увы, бесполезен. Молча взяли меня под руки и подняли в квартиру. По пути я объяснял про форс-мажор, про Гольфстрим, но вскоре понял, что они не в курсе моих рыбных дел. Их задача сугубо конкретна — вернуть долг в максимально короткие сроки. А этому искусству они обучались в лучших бандформированиях своего горячего региона. Когда не только моя комната, но и вся квартира была тщательно обыскана, я получил первый удар. Выйдя из нокаута, вновь пытался доказать свою порядочность, но они не поверили. А может, плохо понимали по-русски. Перед тем, как отправить меня во второй нокаут, обрадовали, что сумма долга вырастает до пятнадцати тысяч, а сроки возврата сокращаются до недели... И если я не уложусь, они проведут ампутацию какой-нибудь частицы моего поганого тела. На выбор, без наркоза... Забрали спрятанные на черный день пятьсот долларов и отбыли, оставив меня на холодном линолеуме. Счастье, паспорт не догадались отобрать. Иначе б мне и Джеймс Бонд не помог...

Срезав скальпелем корочку, Дима отправил дольку лимона в рот и осторожно разжевал. Я невольно бросил взгляд на его пальцы. Все были на месте. На ноги я смотреть постеснялся.

— В милицию я не пошел,— продолжил неудавшийся бизнесмен, — что время зря терять? Меня б и слушать не стали. У Шамиля на руках расписка. Да и деньги я действительно брал. Первые три дня обзванивал всех своих знакомых. Еще с институтских времен. Бесполезно. Да я особо и не рассчитывал. И сам бы наверняка не дал, позвони мне какой-нибудь приятель с просьбой одолжить по максимуму. Без всяких гарантий. Вы бы вот дали?

— У меня нет пятнадцати тысяч,— уклонился я.

— А если б были?

— Думаю, нет... Мне слишком часто не возвращали долги.

За примером далеко ходить не надо. Месяц назад лежал у нас один серьезный человек. Видный предприниматель с политическим уклоном. Тоже в коммерческой палате. Ножку подвернул. Все ждал, когда его сам губернатор приедет навестить. Или, на худой конец, спикер городского собрания. Кредитки между пальцев тусовал, словно шулер карты. Накануне выписки тысячу у меня одолжил. Мол, наличных нет, а хочется врачам сюрприз сделать. Сестра утром в палату заходит, а товарища и след простыл. Ночью через окно ушел, не рассчитавшись за лечение. Говорят, сейчас где-то баллотируется. Обещает народу бесплатную медицину. Что ж, опыт есть...

— Мне тоже не возвращали, — кивнул Дима, — короче, не нашел я ничего. Но, как говорится, кто не хочет помочь деньгами, готов помочь бесплатным советом. Советом помог мой институтский староста Вадик Семенов. Тоже большой специалист по судовым установкам. Испанскими дверьми в строительном магазине торгует. Встретились мы, обсудили критическую ситуацию. «Ты, — говорит, — нашел с кем связываться. Еще б у шахида какого-нибудь денег занял». Потом и подбросил идею. Так и так, бежать тебе отсюда надо. Лучше в дальнее зарубежье. В ближнем Абдул с Абстулом тебя все равно достанут. По запаху. У них носы большие, не спрячешься.

Хорошо сказать — бежать... Кроме родного рыбсовхоза нет у меня укромных уголков на земле. А там в два счета найдут. «Есть вариант. Мишку Ефимова помнишь?» — «Конечно». Мишка сокурсник наш, мне курсовые и диплом за валюту делал. Головастый мужик. Не знаю, что он в судостроении забыл. «Так вот, — говорит Вадик, — Мишка сейчас в Штатах, в Лос-Анджелесе. Три года назад уехал счастья искать. Родня там у него́ какая-то, тетка вроде по отцовской линии. Здесь, в Питере, не сложилась у него жизнь. Ни́ личная, ни общественная. Даже странно как-то. Звонил недавно́, скучает по родимой сторонушке, в гости приглашал. Устроился помощником зубного техника. Протезы лепит. Можно сказать, практически по специальности. Квартиру снимает в русском квартале. Гринкарт получил, ну, это — разрешение на работу. Шиковать не шикует, но на жизнь хватает. Вот ты к нему и езжай...»

В коридоре послышались шаги, скрипнула дверь туалетной комнаты. Дима прервался и слегка помассировал челюсть. Видно, сказалась перегрузка после вынужденного молчания.

— Побаливает чуток... Вот здесь.

— Это будет побаливать еще полгода. А то и больше, — успокоил я собеседника.

— Будем терпеть... Так вот. «Езжай, — говорит Вадик, — продавай срочно комнату, покупай билет. Вызов Мишкина тетка тебе пришлет жалостливый, дескать, при смерти. На мой адрес. Загранпаспорт есть?» — «Откуда?» — «Сделай. У меня теща в ОВИРе, за два дня оформят».

Мне сначала эта затея полной чепухой показалась. Америка не Эстония.

Даже гостевую визу хрен после терактов в Нью-Йорке получишь, комнату так быстро не продать, да и вообще, как улизнуть, если Шамиль со своими абреками в спину дышит. Несерьезно. Хотя, с другой стороны, представишь, как тебе ухо или палец режут без наркоза... А Вадик все давит. Выхода, мол, у тебя другого нет. А так отсидишься полгодика, мы же слух пустим, что умер ты или в Казахстан уехал. «Почему в Казахстан?» — спрашиваю. «Ну или в Армению. Без разницы. Пусть тебя там ищут. А устаканится тут все, тогда и вернешься. Глядишь, спецслужбы Шамиля устранят или сам он устранится. Пока у меня поживи на раскладушке, там тебя искать не будут... А насчет долга особо не переживай. Шамиль эти деньги не за токарным станком заработал и не в институте научном. Еще себе набасмачит».

Прикинул я, посчитал расходы и махнул рукой — будь, что будет. В Америку, так в

Америку. Комнату по дешевке решил продать, за три тысячи. Чтоб побыстрее. Объявления на столбах расклеил. Тут же звонить стали. Когда Абдул с Абстулом во второй раз нагрянули, я им купчую под нос. Вот, мужики, квартиру продаю, чтоб долг вернуть. Совсем немного собрать осталось. Через три дня все верну, до цента. Они чуть успокоились, не били больше. Даже спросить забыли, где меня теперь искать. До того мои глаза преданностью горели. На другой день Вадик вызов от тетушки притащил и паспорт. Я вещички в чемоданы покидал, и к нему. Новым хозяевам комнаты сказал, что в Сибирь уехал на заработки. Золото мыть. Даже адрес оставил липовый. Пускай джигиты прокатятся, тайгу посмотрят. Глядишь, заблудятся или на волков голодных нарвутся.

Утром в консульство. Особых надежд не питал. Слышал, как они наших отшивают без объяснения причин. Без блата не пробиться. С консулом через стекло пообщался. Так и так, хочу навестить родственницу, старушка при смерти, пельменей просит. Буквально на три дня, туда и обратно. Оставаться не собираюсь, ваша замечательная

28

Америка мне и даром не нужна. У меня здесь, в Питере, стабильный заработок, собственный дом и уважение сограждан. И вообще, я родиной горжусь, даже гимн могу спеть. Не знаю, то ли шевелюра моя рыжая консулу приглянулась, то ли президенты наших дружественных стран как раз встречались, но утром я держал паспорт с одноразовой визой. Сроком на три месяца. С билетами проблем не было, правда, лететь пришлось через Москву. Из Питера в Калифорнию рейс не проложили...

Дима потянулся за бутылкой.

— Считаете меня мошенником?

— Нет,— ответил я,— иначе вы бы ничего не рассказывали. Но долги возвращать все-таки надо.

— Согласен. За это и выпьем. А заодно за прибытие в Голливуд. Я вас не утомил?

— Пока нет. Но, судя по всему, вы собираетесь пересказать события целого года. Боюсь, ваша челюсть не выдержит такого напряжения.

— Постараюсь быть кратким.

Еще пятьдесят граммов виски переместились из бутылки в стаканчик, а оттуда в ротовое отверстие Дмитрия.

— К сожалению, рассказчик из меня никудышный. Явно не Довлатов и не Задорнов. Даже не потому, что не хватает красочности. Хороший рассказчик может так преподнести очевидные вещи, что у всех сложится мнение, будто они слышат об этом впервые. Пока же ничего необычного в моей истории нет.

— В общем да, — вновь согласился я.

— Возможно, и дальше будет банально. Жизнь — не комикс, все гораздо прозаичнее.

— Чтобы узнать, банально или нет, мне надо услышать вашу историю до конца. — Я решил прервать очередные философские потуги Дмитрия.

— Да конечно! Продолжаю... Из Москвы позвонил матери, сказал, чтоб не волновалась. Предупредил, что исчезаю на некоторое время. Будут спрашивать, скажи — в Сибири. Отвесил поклон земле русской, перекрестился и в самолет. Страшновато было. Как оно на чужбине сложится? Долетел без приключений. Через двенадцать часов приземлился в Лос-Анджелесе. Вы бывали в Лос-Анджелесе?

— Да все как-то день не выбрать. То одно, то другое...

— Много не потеряли. Не буду утомлять описанием местных красот, наверняка вы все видели в кино. По правде говоря, я ожидал большего. Голливуд все-таки, фабрика грез. А на деле — преснятина, никаких тебе грез, сплошной бетон со стеклом. Если б не реклама пестрая на фасадах да не пальмы, глаз порадовать нечем... До нашего Невского им строить и строить. К тому ж жара чертова, ходишь все время мокрый, словно потная стриптизерша. Болото, одним словом.

Мишка встречал меня лично. Специально отпросился у своего протезиста. Приехал на пятилетнем «форде», купленном в кредит. Я его сначала не узнал. На хот-догах и сэндвичах его как борова разнесло, а калифорнийское солнце выжгло на макушке блестящую лысину. Он долго меня тискал, хлопал по спине и чуть не расплакался. Потом усадил в «форд» и повез на Санта-Монику, где снимал жилье. Русских в Лос-Анджелесе поменьше, чем в Нью-Йорке, тысяч двести, в основном на Санта-Монике. Магазины наши, рестораны, пуан-шопы. Это что-то вроде комиссионок... Дома все больше одноэтажные, там землю

31

трясет. Ощущение, будто ты не в Америке, а в Краснодарском крае. Особенно, если в лабаз родной заглянуть. В чистом виде — развитой социализм, только святой троицы на стене не хватает — Энгельса, Маркса, Ленина... Приехали, на хате уже стол накрытый. Мишка подсуетился. Он один жил, так и не нашел семейного счастья. Хотя постоянно искал. Мечтал составить партию богатой американочке. Я рюмку выпил и свалился. Уснул. У них же время наоборот. Мишка с пониманием отнесся, на раскладушку меня перетащил и не беспокоил. Зато на следующий день отвели душу. Он меня к родне поволок. Как раз уик-энд был. У тетки его коттедж свой с бассейном. У них традиция — каждый уик-энд надираться водкой до отключки. Ностальгируют они таким образом. Напьются, и в бассейн. Я, хоть и не успел по России соскучиться, тоже напился. Не до отключки, но капитально. Все поверить не мог, что в Америке, что так удачно все обернулось...

Утром похмелились и поехали город смотреть. Мишка с бодуна, но за руль сел. Сказал, если не нарушать, не остановят. На

Голливудский бульвар прокатились, после к океану. Городишко зажиточный, двух одинаковых тачек на улице не увидишь. Все рекламой фильмов завешано. Оно и понятно — столица мирового кино. Но грязи больше, чем у нас. Особенно в латинских кварталах. Мишка предупредил, чтоб после девяти я по улицам не слонялся и денег с собой не таскал, ограбить могут в одни ворота. Здесь с этим строго. Пальба каждую ночь. Свободная страна — свободное оружие.

Вечером финансы посчитал. От трех тысяч осталось чуть больше половины, остальное ушло на билеты и накладные расходы. Для начала прикинули, где мне жить. В Мишкиной хавире семь метров жилой площади, особо не разгуляешься. Кухни и ванной нет. Закуток за шторкой с душевой кабинкой. И за это удовольствие он платит девяносто баксов в неделю. Дорогую квартиру не снимает, копит денег на адвоката, чтобы оформить американское гражданство, есть там кое-какие юридические зацепки. Можно, конечно, дня три у него потерпеть, но полгода... Снять жилье не проблема, проблема в долларах. При жесточайшей экономии мне хватило бы на пару месяцев, не больше. Если не найти работу. А с работой напряг, это не Нью-Йорк, тут даже посуду мыть просто так не устроишься, а уж специалистом по судовым установкам... Сами понимаете... Народ сюда со всего мира прет, и всем халявной жизни хочется. К тому ж у меня виза гостевая, по ней легально только чейнжерством заниматься можно.

— Чем заниматься? — переспросил я, услышав незнакомое слово.

— Что-то вроде нашего попрошайничества. Сидят чернокожие ребята возле универсамов и стаканчиками из-под «пепси» трясут. Кто выходит, им мелочь бросает. Сдачу. Обычай такой. На машину натрясти можно...

— Неплохой обычай.

— Там много хороших традиций... Так я о работе. Если без гринкарты застукают, хозяин огребет по полной, а меня пинком под зад из свободной страны. Парадокс — свобода свободой, а ограничения на каждом шагу. Но Мишка поклялся помочь, найти что-нибудь... Клятву сдержал. Через неделю я поселился в уютном курятнике с ароматной тахтой и вкалывал на Санта-Мо-нике в отечественном рыбном магазине. Мойщиком витрины. Высокую должность Мишка выманил у хозяина специально под меня, пригласив того на посиделки к те-тушке. Вкалывал я, само собой, подпольно. В случае разборок должен заявить, что про-тирал витрину исключительно из идейных соображений, без всякого материального вознаграждения. Дескать, борец за чистоту стекол. Платили мне за эту борьбу девяно-сто рубликов, в смысле долларов, в неделю. По нашим деньгам, вполне прилично, но по их — койот наплакал. Как раз на жилье. Правда, и работенка не напряжная — по-мыл утром стекло два на три и гуляй. Но это лучше, чем ничего. Ирония судьбы — ры-бой начал, рыбой и закончил...

Дима скальпелем подцепил очередной кусочек селедки и отправил в рот.

— Это оттуда. Местная. Угощайтесь.

— Спасибо, я не очень люблю рыбу.

— Я тоже не любил... Зато сейчас... Хо-зяин лабаза, еврей из Феодосии, неплохой мужик, мне иногда премиальные натурой давал. Свежей рыбой. Готовить в комна-те, правда, строго запрещалось — пожарная безопасность, но наши все готовили. Я в двух словах расскажу — это любопытно. Если дома кухни нет — будь любезен в кафе харчеваться. Но там дорого. Комната датчиками нашпигована, будешь на плитке жарить или в тостере, сразу пожарники прискачут, штраф сдерут. Местные ничего не жарят, датчиков боятся. Но мы ж не американцы. В нас неизгладимый след развитого социализма, его никакой пожарный не загасит. Из датчиков вынимаешь батарейки и смело готовишь хоть всю ночь. Никто не приедет. Раз в полгода навещает инспектор — проверить, не стоит ли на столе плитка или какой-нибудь кухонный агрегат. Предварительно высылает уведомление, что собирается нагрянуть с проверкой. Представляете? Все равно, что идти на обыск искать героин, накануне предупредив хозяина. Но они все такие странные, непонятно только, почему живут лучше нас... Наши эмигранты прячут плитки по шкафам и радостно встречают инспектора на пороге. Смотрите, пожалуйста — ничего на столе не стоит. А в шкаф он заглянуть не имеет права, санкция нужна... Короче, купил я плитку и долгими калифорнийскими вечерами жарил морепродукты. По субботам — уик-энд у Мишкиной тетушки... Водка, бассейн...

В общем, жить можно, хотя и сложно. Сплошная борьба за кусок сэндвича. Вещичек прикупил, кое-что в пуан-шопах, кое-что на гаражной распродаже бесплатно взял. Еще один прекрасный аборигенский обычай. Ненужные вещи они выставляют у гаражей и продают за бесценок. А если хорошо попросить, то и даром отдадут. Я даже телевизор старый выклянчил. Вы представьте у нас такое — встал бы я в Питере возле дома и стал бы раздавать мебель... А просить я умел. Беженец из горячих точек, помогите люди добрые. Чечня, жертва рашен оккупантен... Английский неплохо знал, в институте на курсы ходил, как чувствовал, пригодится.

Месяц пролетел как один день. Вечерами на бесплатные курсы английского ходил, с земляками знакомился. С властями проблем не было, жил я скромно и богобоязненно, хотя церковь по воскресеньям не навещал. В Питер в ближайшем будущем не собирался. В Америку въехать трудно, обратно в любой момент можно. Многие лет по десять с туристической визой живут, а то и до могилы. Главное, не высовываться и не мозолить глаза эмиграционной службе, и никто тебя не тронет. Не вымогать пособия халявные. С Мишкой каждый день виделись, любили иногда в парке вечерком козла с мужиками нашими забить да пивка потянуть. Иногда в ресторане русском кутили с бывшими согражданами. Смешные они, до сих пор КГБ боятся и не верят, что у нас икра в свободной продаже. На полном серьезе!.. Как-то с Мишкой в Вегас прокатились. Там рядом, миль двести по пустыне. Лучше б не катались... Хорошо, не весь кэш* с собой взял... Павел Валерьевич, вы не спите?

— Нет... Глаза подустали.

— Главное, не уши, — улыбнулся Дима.

— Пока не очень прослеживается история с вашей челюстью. Надеюсь, не Брюс Уиллис ее поломал?

— Брюсу я и сам бы навернул. Они только в кино такие крутые... Крепкие орехи...

Жаль, что в нашей больнице не лежит Уиллис. Я б его непременно пригласил сюда и познакомил с Дмитрием Сергеевичем.

_____
* Кэш — наличные деньги.

— Но, как вы, наверно, прекрасно знаете, доктор, Господь постоянно подкидывает нам всякие испытания. Чтоб не расслаблялись и пальцы перед жизнью не раскидывали. Не обошел своим вниманием и меня. Не дал спокойно драить стекло, купаться в океане и жарить рыбку на плитке...

Дима вздохнул и в очередной раз потянулся за бутылкой. Видимо, уик-энды у тетушки приятеля не прошли для него даром.

— Как-то ранним утром драю витрину, пока американский народ не проснулся, и наблюдаю трогательную картину. Подкатывают к магазину два лимузина, вываливаются из них четыре местных джентльмена в строгих костюмах, минуту-другую мирно беседуют, а затем выхватывают пистолеты и давай поливать друг в друга! Пара на пару. Прям, как в кино про гангстеров! В итоге — с одной стороны два покойника. Здесь, в России, такое, конечно, тоже бывает, но наши братишки для подобных мероприятий все-таки пустыри выбирают. А тут посреди улицы, напротив рыбного магазина. Ковбои, шит*...

_____
* Шит (англ.) — ругательство.

Победившая пара, как вы понимаете, полицию ждать не стала. Я героя корчить не стал, едва драма началась, в магазин, и за бочку с живыми карпами. Слышал, свидетелей оставлять не принято. Когда улеглось, машин полицейских наехало, как бизонов на водопой, вертолет завис. Принялись очевидцев выявлять. Какая-то сволочь стуканула, что мойщик витрин рядом стоял, все видел. Меня в участок, в «хомесайт». В убойный отдел по-ихнему. Думал, сейчас на детекторе лжи обрабатывать будут. Ошибся, не обрабатывали. И даже не били. Вежливо поинтересовались. Я не дурак, помню золотое правило свидетеля — меньше болтаешь, больше живешь. Так и так, говорю им на ломаном английском с колхозным акцентом — моя отворачиваться и ничего не видеть. А когда моя поворачиваться обратно, уже никого не быть. Они тогда наводящий вопрос — а что твоя делать в штате Калифорния? Я им паспорт под нос. Виза не просрочена, имею право. Скоро уеду обратно, а пока безвозмездно протираю витрины в знак уважения к великому американскому народу. Мир — дружба — «кока-кола». Увлечение у меня такое.

Свободная страна, что хочу, то и делаю. Крыть ребятам нечем. Головами покивали и выпустили. Коломбы... Не то что наши менты... Говорят, хрен просто так уйдешь, все вытрясут.

Возвращаюсь в магазин, а хозяин с ноги на ногу мнется и цигарку из старой «Правды» скручивает. Не привык он к американскому куреву, до сих пор самосад русский смолит. «Извини, Димочка, но мне лишние проблемы с полицией таки ни к чему. А с мафией и подавно. Поэтому поищи работенку в другом магазине... Либо гринкарт хотя бы получи. Бай...» Вернулся я в свою меблированную каморку, сижу, чешу репку, как дальше жить. Денег под ковриком долларов двести, из них сотня на квартплату. В это время стук в дверь. Отпираю, на пороге негр, или, как у них принято, — афроамериканец. Молодой такой, улыбчивый, в костюмчике. Вылитый Уилл Смит*. Поздоровался вежливо, а после и говорит: «Это очень прекрасно, мистер Дмитрий, что ты так вовремя отвернулся и ничего не видел. От лица калифорнийского народа приносим извинения за неудобства. Сен-

* Уилл Смит — популярный темнокожий киноактер.

кью». И сует мне в карман рубашки зеленый рулончик. Потом поклонился и был таков. Я рулончик развернул, екарный бабай — пятьсот баксов! Вы представляете, доктор? Вот это я понимаю — мафия! С большой буквы «М»! Не то что Абдул с Абстулом. Хорошо их Дон Корлеоне вышколил! У нас бы пулю в лоб или кастетом в подъезде по башке. А здесь — извините за неудобства и пятьсот долларов! И главное, как они пронюхали? Я ведь адрес только в полиции оставил! И о том, что показаний не дал, тоже только полиция знала! Стало быть, не все так превосходно в их образцовом департаменте. И у них матушка-коррупция погуливает по коридорам.

Пока я восхищался скромным обаянием буржуазии, в квартирку пожаловал взволнованный домовладелец. Не за квартплатой. А объявить о расторжении контракта. За что, вы уже, наверное, поняли. Связи с мафией, задержание полицией... Я, разумеется, протестовал, доказывал, что это чистая случайность, совесть моя чиста, как вымытая витрина, и никаких проблем из-за меня не будет, но... Он ничего не хотел слушать... Мне потом сказали, если б полиция осталась удовлетворенной беседой со мной, был бы шанс остаться. Неправильные люди... Все наоборот.

— Менталитет, — улыбнулся я.

— Я этот менталитет пока так и не раскусил. Вот представьте — днем какой-нибудь громила за рулем совершенно искренне пропустит тебя на пешеходном переходе, а вечером он так же совершенно искренне залепит тебе в башню заряд картечи и очистит карманы! Получается — не пропустить пешехода, это табу, а мочить — пожалуйста... Или, помню, случай был. Залез квартирный вор на чужую виллу и нечаянно захлопнулся в подземном гараже. А хозяин в отпуске отдыхал. Целый месяц. Пришлось бедолаге собачьим кормом питаться, запивать из бочки для мытья машины и на мышей охотиться. Ослаб, но продержался в блокаде. А когда хозяин из заточения его вызволил, ворюга на него в суд — почему в гараже не предусмотрен запасной выход на подобные ситуации? И что вы думаете? Выиграл процесс. За кражу условно получил на первый раз и полмиллиона за пережитую драму! Загадочная американская душа!

— Наша не менее загадочна. Для них, конечно.

— Возможно. Но, хватит; об этом пускай Задорнов рассуждает и народ веселит... Собрал я пожитки и к Мишке. Вечером в парк пошли, сели под дохлую пальму и стали прикидывать, как российскому безработному не пропасть в акульем чреве буржуазного мира. Вряд ли второй раз мне повезет с кровавой разборкой, и мафия подкинет сотню-другую на жизнь. Но главное, где теперь жить? Не в картонной же коробке из-под холодильника. Есть у них любители, благо климат позволяет. Но я до такого еще не опустился... Или не поднялся...

— Можно снять другую комнату. Какие проблемы?

— Проблемы в том, что скорость распространения информации на Санта-Монике превышает скорость полета пули, выпущенной из «магнума» Крутого Уокера. Особенно среди земляков. Мишка сразу сказал: теперь здесь тебе никто даже собачью конуру не сдаст. И не пытайся. А в другом округе за такие деньги не снимешь... Пошли мы с горя в любимый паб разбавить трагедию теплым пивом. Сидим, пьем, местные новости смотрим. А там тюрягу ихнюю показывают. Налетчика какого-то из Оклахомы на свободу выпускают после отсидки. Интервью берут, как он жить дальше собирается. Мишка тут и предлагает: «Слушай, Димон, а давай ты тоже в тюрьму сядешь». Я сначала думал — глумится он над несчастным бомжом. А он на полном серьезе: «Слушай сюда. Американские тюрьмы — это не наши „Бутырки“ или „Кресты“. Тепло, комфортно и в баскетбол играть можно. Кормежка, конечно, не как в пятизвездочном отеле, но всяко не хуже нашей студенческой столовой. Шведский стол. Омары, свежие овощи, фрукты. Только без тяжелой выпивки. Пиво иногда подают. Администрация с уважением относится, права человека блюдет. Жаль, ты не негр, пардон, афро-россиянин, а то б еще больше уважала...» Я спрашиваю, ты-то откуда все знаешь? Сидел, что ли? «Я лично нет, — говорит, — но людей встречал. Делились приятными воспоминаниями... Самое главное, после выхода тебе реабилитационный период положен. По закону. Вне зависимости — есть у тебя виза или нет. Денежное пособие небольшое, работенка. Беспокоятся они о своих бывших зеках. Окружают заботой и теплом. Помогают, так сказать, споткнувшемуся человеку не оступиться вновь». Я руками замахал — спятил, что ли, Михаил Батькович? Лучше гамбургер на свободе, чем омар на зоне. Негритянский беспредел, охранники с собаками и дубинками. Тюрьма есть тюрьма. Что тут, что у нас. Вон в кино ужасы какие показывают. Он опять за свое: «В кино и все копы — герои! Полицейские, в смысле. Палят без разбора. А на деле пистолет не допросишься вытащить... Бородин Пал Палыч сидел — и ничего, доволен остался. Наверное... и ты останешься. У них равенство, VIP-камер не бывает. К тому ж я не на десять лет сесть предлагаю и даже не на год. Три-четыре месяца отдохнешь, сил наберешься, поправишься. А то вон как на жареной рыбе отощал. Еще столько же реабилитировать тебя будут. Правда, после из страны выпрут, но ты и так собирался... А насчет беспредела не беспокойся, ты у братвы на хорошем счету, в обиду не дадут. Опять же ты — русский, а русских они уважают. Нет страшнее силы, чем русская мафия. Привет от Япончика с Тайванчиком...» Давайте, доктор, наконец, выпьем... За великую родину. Есть и нам чем гордиться...

Дима разлил остатки виски по стаканчикам и поставил пустую бутылку под стол.

— Если что, у меня еще коньяк в палате.

— Боюсь, тогда вы рассказ не закончите. Возникнут проблемы с языком. Будете путать падежи.

Дмитрий Сергеевич секунду-другую посмотрел на стаканчики, как бы прикидывая силы, и согласно кивнул:

— Вы правы, доктор... Язык у меня и так уже немножко того, устал. Но за родину мы обязательно выпьем. И за Питер, и за наш рыбсовхоз. И за эту больницу. Как дорасскажу, так и выпьем.

— Хорошо.

— На чем я остановился?

— На тюрьме. И на русской мафии, которую уважают.

— Да, верно... Я Михаилу резонный аргумент — тюрьма не роскошь, ее еще заслужить надо. За что тут на три месяца сажают? «Ну, — отвечает, — за ограбление банка или убийство копа так мало не дадут, и не надейся. За кражу из супермаркета можно на дикий штраф нарваться и годков на пять. Это нам совсем ни к чему. За кражу из машины или угон тоже по полной огребешь... О! Есть достойная статья! Мелкое хулиганство без цели наживы. Выпей пару литров пивка для храбрости, подойди к какой-нибудь тачке на паркинге или на улице и долбани камнем по стеклу! Камень только быстро выкини, это орудие преступления, за него пару месяцев накинут. И стой рядом с тачкой, никуда не убегай. Особенно от копов. Будут допрашивать, скажи, стекло разбил кулаком. Спросят зачем — тачка не понравилась. Цвет идиотский. Через недельку тебя осудят. С этим здесь быстро. Да, тачку американскую выбери — „форд“ или „крайслер“. Во-первых, это унизит их национальное достоинство, во-вторых, дешевле стоит. Адвоката не нанимай, у тебя все равно денег на него нет. Можно заказать бесплатного переводчика. Пусть ищут, это их проблемы. Ну что, готов пойти на баррикады за правое дело?»

Мне эта Мишкина идея не очень понравилась. Да и кому бы понравилась?

Вот вы, доктор, сели бы в тюрьму по доброй воле?

— Если только на экскурсию. Я читал, кое-где есть подобная услуга. В Швеции, например. Платишь и садишься. А по-настоящему?.. Вряд ли. Если только обстоятельства не припрут.

— Меня хоть и приперло, но садиться не хотел. Где гарантия, что не вышлют из Америки без всякой тюрьмы? Или не три месяца, а три года припаяют за особый цинизм...

На другой день Мишка свод законов штата Калифорния приволок. «На, читай, тут английским языком написано, что за мелкое хулиганство положен арест до трех месяцев. Говорю тебе, разбитое в машине стекло — самое то. А вот и про реабилитацию пункт. Положена в обязательном порядке, вне зависимости от расы и вероисповедания...» Два дня меня уговаривал...

— Уговорил?

— Уговорил. Сказал, до суда денег даст на залог. И на свидания приходить будет, поддерживать морально и передачки таскать. А куда мне деваться? Виза заканчивается — ни жилья, ни работы, ни денег больших. На копов нарвешься или эмиграционную службу — гудбай, Америка, здравствуй, Шамиль. Терзался я, ворочался на раскладдушке и решил рискнуть... В конце концов, действительно, тюряга в Лос-Анджелесе это не тюряга в Питере, три месяца потерпеть можно. Чем я хуже Бородина?

С посадкой решил не тянуть, пока боевой настрой не угас. В ближайший понедельник отправился на дело. Накануне отвальную у Мишкиной тетки посидели, в бассейне поплавали. Тетушка подтвердила — это дело верное, у них права преступников уважают. Даже больше, чем права пострадавших. Вон ее дом обворовали, и что? Вертолет покружил для блезиру, а вещички так и не нашли до сих пор, хотя она три раза в участок ходила. «Ищем, мэм, ищем...»

Прикинул, что машину лучше выбрать на бульваре Сансэт. Улица такая рядом с Аллеей звезд. Можно сказать, центральная. Там и публика посолидней, сразу в рожу не дадут, и полиции побольше. Камень заранее приготовил, платком носовым его обмотал, чтоб никаких следов на стекле не осталось. Пару зеленых червонцев взял на мелкие тюремные расходы. Мишка со мной не пошел, мол, дантист не отпускает, но мне он и не нужен был. Обойдусь без страховки. Боксерские навыки остались, от первого натиска пострадавшего уклонюсь, а там и копы подоспеют...

С мыслями о светлом будущем дополз до стеклянного бизнес-центра. Там парковка уличная, машин двести, смотрящий с рацией ползает. Очень хорошо, ждать долго не придется. Окинул взором этот машинный муравейник и остановился на голубом «лексусе». И американская, и цвет противный. Новенькая, блестящая, так и хочется камнем по стеклу. Подошел, проглотил банку пива, перекрестился, сделал глубокий вдох и... С одного удара вышиб. От всей души приложил. Стекло так в салон и вошло вместе с резинками. Сигнализация закаркала, как подбитый гриф-стервятник, охранник от испуга на асфальт рухнул, думал, наверно, террористы... Я булыжник выбросил согласно плану, стою, жду. Смотрящий поднялся, отряхнулся и ко мне. Как думаете, доктор, что дальше было?

— Так это он вам челюсть сломал? — предположил я.

— Вы судите по нашим меркам. Сделайте поправку на менталитет.

— Тогда не могу представить даже близко. Неужели он сказал, что никаких проблем?

— Почти угадали. Для начала он извинился. «Извините, мистер, не могли бы вы никуда не уходить, пока не объявится хозяин машины»? О'кей, отвечаю, подождем. Я за этим сюда и пришел. Он номер «лексуса» записал и в свою каморку поскакал.

Минут через пять из бизнес-центра выбегает симпатичная молодая особа и прямо ко мне. Я на мужика рассчитывал, руки разминал потихоньку. А тут — краля, очень даже ничего. Стройная, что редкость для американской нации, с пеленок воспитанной на гамбургерах. В общем, не тыква в джинсах. Такая же рыжая, как я. Глазки голубые, помада «поцелуй вампира», каблучками — цок-цок-цок... На лице — глубокая досада. Думал, сейчас ногтями мне фейс расцарапает. Не-е, не расцарапала. Отдышалась, поздоровалась. «Что случилось, мистер?» Так и так, отвечаю на ломаном наречии, я бить стекло вашей голубой машинка. «Но зачем, мистер?..» И тут, доктор, мне резко расхотелось садиться в тюрьму. Не знаю, чем это и объяснить. Будь на месте дамочки какой-нибудь потный брокер или лоснящийся негр, я бы не менял своих планов. А тут такая... Такая вся... В общем, отвечаю, мэм, сегодня утром вы не пропускать меня на пешеходном переходе. В двух кварталах отсюда. А сейчас я видеть вашу машину и мстить за обиду. Слегка ударил по стеклу кулаком. Оно и разбилось. Откуда мне было знать, что стекла на ваших тачках такие говенные. На наших «Жигулях» ломом не пробить. Сорри, если что не так. У нее лицо вытягивается. «Кулаком?» Да, подтверждаю я. Исключительно мускульной силой, без применения подручных средств. И показываю кулак без единой царапины. Дамочка минуту-другую пыталась понять смысл происшедшего, затем, как и смотрящий, стала умолять меня не уходить. «Да не волнуйтесь, мэм, не уйду я. Вот стою, жду». Она в сторонку, и давай на мобильнике кнопки жать. Думал, в полицию. Четверть часа проходит, никакой полиции. Мне уже как-то и неловко. «Может, мэм, познакомимся, что ли? Я — Роберт де Ниро. Шутка. Дима. Дь-и-ма... Нет, не китаец. Русский. Совьет Юнион. Ельцин, водка, Ростропович... А вас как?» — «Сандра?» — «Александра по-нашему. Очень приятно, Саша. Вы уж извините, что машинку вашу замечательную подпортил. Не со зла, а по обстоятельствам. Но вы сами виноваты, надо пропускать пешеходов. А так я парень спокойный, не бандит. Погостить сюда приехал, к другу. На Санта-Монике остановился. Живу один, заходите...»

Вскоре два приятеля в костюмчиках подтянулись. Сандру в свою машину увели, сидят обсуждают что-то. Я жду, хотя уже надоедать стало. Может, свалить, пока не поздно? Паспорт я им не показывал, замучаются искать. Через полчаса еще компания подруливает. Точно на таком же «лексусе». Два паренька, тоже в костюмчиках. Пообщались с первыми двумя, затем всей компанией ко мне. Эти, из «лексуса», и заявляют: «Мы очень сомневаемся, мистер, что вы смогли кулаком разбить стекло. Стекло выдерживает очень большие нагрузки, его невозможно разбить кулаком». Стучу себя в грудь: «Мамой, клянусь, что разбил. Гадом буду! Даже следы на кулаке остались». Хотя при моей стропильной комплекции звучало это неубедительно. «О'кей, — кивают эти чудаки, — вот еще один „лексус". Той же модели. Попробуйте, разбейте. В случае чего мы берем на себя все расходы. Но если не разобьете, у вас будут большие неприятности, мы привлечем вас к суду». Я интересуюсь, вы, господа, из полиции? «Нет, мистер. Мы представители концерна, выпускающего замечательные автомобили „лексус", самые прочные и безопасные автомобили в мире. Пожалуйста, продемонстрируйте, как вам удалось разбить стекло кулаком». Вот это, доктор, попадалово! Черт его знает, получится ли без камня? «Ничего не выйдет, — говорю, — у меня очень болит рука после первого удара. Миссия невыполнима, господа, сорри, давайте через недельку встретимся». Ко мне Сандра на грудь падает, чуть не рыдает — плиз, плиз, Дь-и-ма... Ну что прикажешь делать? Не позорить же родину и президента Путина в глазах такой симпатичной дамы. Да и к суду привлекаться уже не хочется. Ладно, рискну. В случае чего ноги унести никогда не поздно...

Вспомнил боксерскую юность, размял кулак, сжал его покрепче, плюнул на него, заревел, как рожающий буйвол, размахнулся и... Как говорится, самые большие гадости делаются от чистого сердца. Я, конечно, не Тайсон и тем более не братья Кличко, но стекло треснуло с первого удара. Косточки тоже. Я от боли ору, эти двое с концерна вокруг своего «лексуса» бегают, охают, Сандра в ладоши хлопает. «Фак вашу мать! — кричу, — вызовете службу спасения или что там у вас! И объясните, в конце концов, что здесь происходит?!!» Сандра и двое первых отводят меня и доводят до моих китайских, тьфу ты, российских, мозгов следующую информацию. Дословно я, разумеется, не перевел, но смысл уловил. Сандра на днях купила новый «лексус». Корпорация-производитель выдала гарантию, где среди прочих имелся пункт, что стекло автомобиля выдерживает столкновение с мелкими пернатыми, некоторыми животными и кулаком человека. Это на случай, если придурок вроде меня или скинхед какой решит похулиганить. И теперь Сандра со своими адвокатами мечтает впарить судебный иск на концерн и потребовать возмещения материального и морального ущерба на сумму... Не падайте со стула, доктор. Четыре миллиона долларов! Четыре миллиона, представляете? А в рубли и переводить страшно.

— Можно заявить и на десять. Это не значит, что тебе столько заплатят. И потом, непонятно, в чем заключается моральный ущерб. — Я скептически пожал плечами.

— Это нам с вами непонятно. Но вы опять не сделали поправку на менталитет. Я ж вам рассказывал историю про вора, заперщего себя в чужом гараже. Судебная власть там сильна, как нигде. Янки подают друг на друга в суд по всяческой ерунде, каждый второй по семейному адвокату держит. Вы же наверняка читали про идиотку, выигравшую процесс у «Макдоналдса». Разлила кофе в их забегаловке, а он горячим оказался. Почему не предупредили? Почему на стаканчике не написали? Я ручку ошпарила. В итоге два лимона чистогана, а на стаканчиках теперь надпись для идиотов — осторожно, горячо. Кстати, получается, не такая она и идиотка...

— Да, у нас было в газетах.

— Сандра дальше мне объясняет. Без меня, важного свидетеля, ей процесс не выиграть. И не могу ли я честно рассказать о сегодняшнем трагическом происшествии в американском суде, самом справедливом суде в мире. Мне, доктор, сами понимаете, не резон по судам таскаться. Я и по нашим-то не люблю ходить, а уж по американским... «Извините, Саша, я слишком занятой человек, минуты свободной нет». Она опять с адвокатами шу-шу-шу. Потом, ко мне. «А если я дам вам четверть выигранной суммы, то есть один миллион долларов минус налоги?..»

Лимон баксов! Меня словно самого кулаком приложили. Но на ногах устоял. Не стал показывать, что ради паршивого миллиона готов на карачках перед их судьей ползать. «Минуточку, — возражаю, — а почему это минус налоги? Я вообще плохо понимаю, что это такое». Те головами кивают: «О'кей, о'кей, все налоги берем на себя, только в суд придите». Я интересуюсь, когда суд? «Через три месяца максимум, если, конечно, концерн не пожелает рассчитаться раньше, и дело дойдет до суда». — «О, к сожалению, господа, это донт посибл. У меня вот-вот закончится виза, и я покину вашу солнечную Калифорнию навсегда, ибо законных оснований пребывать здесь у меня не будет». И достаю из широких джинсов свой мандат с двуглавым орлом... Ребята приуныли, Сандра чуть не плачет. Еще б не заплакать, такие деньжата уплывают. Я, по правде говоря, приуныл еще больше. Нет, чтоб три месяца назад стекло кокнуть, а не витрины драить за копейки...

Эти с Сандрой опять в сторонку уплыли шептаться. Долго шептались. Наконец нашли выход. «Мы можем продлить вам визу, мистер Дь-и-ма, если вас не очень смущает моральная сторона вопроса...» Что ж, когда речь идет о хорошей материальной стороне, моральной можно пожертвовать. Это, доктор, не моя жизненная позиция, это невыносимая легкость бытия. «Слушаю вас, господа!» — «Мы хотим предложить вам оформить брак с Сандрой. Она, к счастью, не замужем. Надеемся, вы тоже не женаты. Брак, разумеется, фиктивный. В этом случае вы можете остаться в Соединенных Штатах. Согласны?»

Согласен ли я? А какой русский не хочет жениться на американке?.. Легальное проживание, миллион в перспективе... Я на «лексус» облокотился, чтоб на ногах устоять, про боль в кулаке уже не вспоминал. Но надо бы заодно и жилищный вопрос решить. «Согласен-то согласен, находчивые вы мои янки, но я лицо БОМЖиЗ, и лишних денег на отель на счету не присутствует». Сандра ручками замахала: «Ноу проблем, ноу проблем... У меня есть свободная комната в доме, можете пожить там». Адвокаты вторят: «Верно, верно. Так даже лучше! В эмиграционной службе не пацаны зеленые служат, фиктивные браки моментом вычисляют. И телефон могут прослушивать, и хвост прицепить. Поэтому все должно быть достоверно, максимально приближено к семейной жизни. А если муж в отеле, а жена в доме, это не семья, а комедия Вуди Аллена». Ладно, максимально, так максимально. Сандра девушка вроде ничего, хоть сейчас с ней под венец...

Короче, ударили по рукам. Объявили мы этим из концерна свою предъяву, сели с Сандрой в «лексус» без стекла и погнали знакомиться с новым пристанищем... Пристанище ничего оказалось. Не мои пятнадцать метров в питерской коммуналке, и уж не Мишкин курятник на Санта-Монике. Двухэтажный коттедж с лужайкой, пять комнат, гараж и два сортира. Рядом океан, Венес-бич. Сказка. Я, пока ехали, у Сандры поинтересовался, чем она на хлеб и «лексусы» зарабатывает. Оказалось, психологией. Психолог-консультант по семейным проблемам. В Штатах народ помешался на этом. Без психолога по нужде боятся сходить. Это и понятно, народ они скрытный, замкнутый, даже с соседями не всегда общаются. А посплетничать и на жизнь поплакаться хочется, как всем нормальным людям. Выплеснуть негативные эмоции из организма. У нас-то проще. Берешь бутылку и идешь к соседу выплескивать. Эмоции... Или в пивную. А у них — к семейному психологу. И ведь денег на это не жалеют. Мне с моими судовыми установками за три жизни столько не заработать.

В общем, с Сандрой мы быстро общий английский язык нашли, несмотря на разницу в менталитете. Может, потому, что оба рыжие. Или генотипы совпали...

О России у нее представление еще то, несмотря на университетское образование.

Доктор, вы читали «Четвертый позвонок» Ларни*?

— Давно очень.— Я действительно читал финского классика лет двадцать назад.

— С начала прошлого века ничего принципиально не изменилось.

Сандра была абсолютно искренне уверена, что Санкт-Петербург находится на Урале, а Урал на Кавказе, где вечная мерзлота и угнетенный чеченский народ. Вообще я много нового узнал о своей любимой родине. И даже не пытался спорить со своей будущей женой. Сибирь так Сибирь, лишь бы из дома не прогнала.

Обвенчались мы через неделю, за два дня до страшного дня, указанного в моей визе. Все формальности взяли на себя адвокаты и матушка коррупция. Венчались в церкви, все по-взрослому, эмигрейшн** носа не подточит. Совет да любовь. Даже колечки купили. Вот, смотрите.

Дима поднес ладонь к лампе. На безымянном пальце блестело бледно-желтое тоненькое колечко.

---

* Марти Ларни — классик финской литературы, некоторое время живший в Америке.
** Эмигрейшн — эмиграционная служба.

— Не золото, само собой. Медяшка. А зачем нам для имитации золото? Лишь бы блестело... Со стороны жениха на свадьбе присутствовал помощник протезиста третьей категории Михаил Ефимов. Истинную причину женитьбы я не раскрыл даже ему, памятуя о скорости распространения информации в регионе. Объяснил по минимуму. Так и так, шел бить стекло, заглянул в кафе принять для храбрости, за столиком познакомился с девушкой. Разговорились, полюбили, женимся... Обычная, в общем, история. Как у всех. Скорей всего, он мне не поверил. Во-первых, в кафе у них знакомиться не принято, во-вторых, разговориться мы не могли, в-третьих... Ну да что вам объяснять. Ситуация нехарактерная, но мне какое дело, верят или нет. Чем богаты... Тем более, спустя неделю после свадьбы наш фиктивный брак стал медленно перерастать в реальный... Пожалуй, я все-таки выпью перед ответственным моментом.

Дима влил в себя четверть стакана. На обратном пути ото рта к столу его рука зацепила стопку историй болезней, лежавшую с краю, после чего та с грохотом рухнула на пол.

— Сорри, сейчас исправим, — он наклонился и медленными движениями принялся собирать карточки, — это бывает. С непривычки. Давно не употреблял.

— Не надо, я сам.

Когда стопка была на месте, Дима закинул ногу на ногу и продолжил:

— Для Сандры это был первый брак, несмотря на возраст. В феврале ей стукнуло двадцать семь. Там многие тетки хотят сначала утвердиться, а после о спутнике жизни думают. Иногда до шестидесяти утверждаются. Сандра в Эл-эй* из провинции приехала, из-под Хьюстона. Это правее по карте. У нее там родня. Приехала, как и большинство дурочек картонных, искать американскую мечту. В тайне надеялась, что какому-нибудь продюсеру или режиссеру в перекрестие попадет. Но там таких мечтательниц полный Голливуд, некуда увернуться. Хорошо, предки ее не витрины мыли, могли подкинуть доллар на высшее образование. Выучилась на психолога, занялась частной практикой. Повезло со щедрой клиентурой, удалось снять офис, дом взять в кредит. У них кредиты

_____
* Эл-эй — сокращенное произношение «Лос-Анджелес».

обычное дело, вся страна так живет. Ни к Шамилю не надо ползти на поклон, ни от Абдула с Абстулом бегать по заграницам. «Лексус» вот тоже в кредит купила. Новенький. Муха на стекле не сидела.

Ну а с мужиками не сложилось у нее как-то. Студенческие романы не в счет. Психология психологией, а истосковалась бедняжка по мужской ласке. Да и я уж как полгода на голодном пайке прозябал, сексуальная энергия так и бурлила. Одним словом, в противостоянии менталитетов верх взял основной инстинкт. Причем как-то все само собой получилось. Так бывает иногда. Сказать, что Сашка осталась довольна — ничего не сказать. По-моему, после первого раунда она забыла и про четыре миллиона и про свою семейную психологию. Я тоже не огорчился. Через неделю мы уже ночевали в одной комнате и никакая «эмигрейшн», даже засевшая под кроватью, не смогла бы уличить нас в имитации семейных отношений. Сашка-то, глупая, верила, что в России секса нет. Да, славное было время! Парадайс*, а не время... Языковой барьер нам не очень мешал,

---

* Парадайс *(англ.)* — рай.

в быту он быстро ломается. Родичи ее в гости наведались, сначала осторожничали со мной, потом, как я их водку пить научил, приняли как родного. Ничего старики, боевые... Сашка расцвела вся, глаза заблестели. Еще бы... У них нормальные мужики в дефиците. А тут не просто нормальный, а еще и русский. Экзотик. Где б она такого в своей Америке нашла?

Дима гордо расправил плечи, словно Иван-Царевич, содравший кожу с очередной лягушки. Включил «вальяж».

— Адвокаты в концерн жалобу письменную подали, те попросили тайм-аут для обдумывания. Пару месяцев. Но мне теперь торопиться некуда, вид на жительство в кармане. Зажили мы с Сашкой тихой семейной жизнью без драк и бытовых скандалов. Спросите, почему без скандалов? Потому что, несмотря на различия в воспитании и национальности, были крайне заинтересованы друг в друге и многое прощали. Обычно же смешанные браки там недолговечны, один всегда находится в зависимости от другого. Вон, Мишка мечтает жениться на америкоске. И что хорошего будет? Да ничего. Сплошное унижение гражданского достоинства. Не то что у нас с Сашкой. Полное равноправие...

По выходным на океан катались на «лексусе», после пляжа в киношке сидели, давясь соленым поп-корном, да на шопинг ходили. Правда, особо не шиковали, лишних денег у них тоже нет. Вечером в кафе семейный ужин. Там у народа выходные типовые, без экспромта. Серые, словно по армейскому уставу. Кино, шопинг, ужин. Иногда церковь. Обязательная программа. Я устав ломать пока не стал из уважения к традициям. Как говорится, живя в Риме, будь римлянином. Хотя в парк козла забить и с мужиками языками почесать очень тянуло. И в бассейн Мишкиной тетушки окунуться. А то ведь так и от родины отвыкнуть можно... У них даже футбол посмотреть негде. Ни по телеку, ни на стадионе. Не любят, они, видишь ли, футбол. Особенные, блин. Очень я по «Зениту» нашему скучал. По Кержакову с Аршавиным. Как-то Сашку на концерт Киркорова вытащил. Он с гастролями приезжал к эмигрантам. Звезда, говорю, мирового масштаба, странно, что ты не слышала. Не понравился ей Зайка наш. Слов законная супруга не поняла, а вокал так себе, не «Бек стрит бойз», у них таких в каждом ресторане. Мишка к нам частенько заскакивал на семейный ужин. С пузырем «Джони Уокера». Все пытался разгадать, в чем секрет моего феноменального успеха. Захотел такого же. Даже попытки делал. Первый раз в кафе затеял сеньору клеить, чуть по небритой роже от нее зонтиком не получил, второй раз к мулатке на улице пристал. Хотели в полицию забрать за сексуальное домогательство. «Понимаешь ли, Михаил, — старательно объяснял я ему, наливая „Джони Уокер“, — американские женщины требуют особого подхода. Это не объяснить словами. Они словно легкий листик салата на толстом гамбургере. Ты глотаешь салат как приправу к котлете, а я наоборот — весь вкус нахожу именно в этом листике. Понимаешь? Нет? Тогда пей». Про «лексус» я ему так и не рассказал...

На буднях — Сашка в офис, я по хозяйству. Кухня, уборка, стирка. Ремонтик ей мелкий сбацал, из техники кое-что починил. Какая-никакая, а экономия семейного бюджета. Опять-таки, чтоб не даром хлеб есть. Витрины больше мыть не пытался,

Сашка особо и не настаивала на моем трудоустройстве, понимала — я здесь человек чужой, случайный. И диплом специалиста по судовым установкам мало кого заинтересует. А если суд выиграем, тогда про общественно-полезный труд вообще можно временно забыть.

В истинную причину своего пребывания в Америке я ее не посвящал. И Михаила предупредил, чтобы не трепанул. А то, как узнает суженая про разборки с русской мафией, сразу за дверь выставит, несмотря на брачные узы. Со слезой на глазу поведал лирическую историю, дескать, я выдающийся специалист по судовым установкам — директора заводов рвали меня на части, предлагая серьезные деньги в иностранной валюте. В России у меня свой дом в престижном районе, уважение и почет. Одно угнетало — безумно скучал по безвременно уехавшему другу Мишке. В итоге продал свой коттедж и примчался в Штаты по первому его зову. В самолете украли кошелек со всеми деньгами, и я был вынужден выйти на панель — зарабатывать на обратный билет рабским физическим трудом. Сашка слушала со слезами на глазах. Единственный вопрос, который она задала после моего правдивого рассказа, почему я вез деньги в кошельке, а не положил их на пластиковую карточку?.. Больше ее ничего не смутило... Александра, Александра, этот город наш с тобою...

Дима откинулся на стуле и громко запел песню из «Москва слезам не верит», вспомнив, вероятно, самые благополучные моменты своего пребывания на чужбине.

— Дима, можно чуть потише? Люди спят.

— Вот Сашка меня тоже все время одергивала, когда я петь начинал. Мол, соседям мешаем, полицию могут вызвать. При чем здесь полиция, если человеку петь хочется? Я ж не из базуки стреляю? А соседям, может, в радость мое пение. Всяко лучше ихнего Джексона с его кошачьим визгом. Скучный там народец. Пластиковый какой-то, как карточки. По моему глубокому убеждению, нормальному человеку обязательно встряски нужны, и положительные, и отрицательные. А какие там встряски? Разве что в казино. Все по расписанию, все по правилам, по инструкции. До абсурда доходит. Поехали мы разок к Мишке. Сашка движок запускает, а на табло лампочка загорается. «CHECK». Ну это значит, с движком проблемы. Сашка сразу за телефон, в «аварийку» звонить. Я ей — плюнь ты, фигня. Машина же едет, а лампочка, может, от сырости загорелась или еще от какой ерунды. Поехали, и так опаздываем. Она — ни в какую. Мол, машина на гарантии, пускай ремонтируют. Потом в инструкцию суется. Там написано: «В случае загорания лампочки „CHECK" — см. двигатель». Сашка выходит из машины, поднимает капот, с минуту см. на двигатель, опускает капот, садится назад, включает движок. Лампочка гаснет! Ура!.. Вот видишь, говорит, надо всегда действовать по инструкции, ее профессионалы пишут. Мне и крыть нечем!

В общем, не житуха у них, а сплошная инструкция по эксплуатации. Их, может, и устраивает, а по мне тоска зеленая. На второй месяц семейной жизни заскучал я по обществу себе подобных. Встряски душа запросила. Хоть какой-нибудь. Спрашиваю однажды у Сашки, а в Америке коньяк паленый продают? Она в ответ: а зачем тебе? Может, говорю, бизнес откроем. Чего без дела сидеть? Я отличные рецепты знаю, могу производство наладить в подвале. Никакая экспертиза не отличит. Подвал у нас просторный, четыре ванны влезет, закаточная машинка и ксерокс для этикеток. На Санта-Монике или в черных кварталах продукцию толкать будем после десяти вечера. Там по ночам — сухой закон, а мы тут как тут. Неплохая прибавка к семейному бюджету. И налоги платить не обязательно. Где у вас спирт достать можно и пустые бутылки?.. Зря я ей это предложил. Ничего не поняла. Мол, зачем покупать неправильный коньяк, если спокойно можно купить правильный? И как можно не платить налоги? Словно с луны свалилась. Полмира на всяком леваке живет, а она спрашивает — зачем? Смешные люди — очевидных вещей не понимают. С такими каши не сваришь. В смысле, коньяка... Нет, я вас опять хочу спросить — почему они лучше нас живут?

— Это не они лучше нас живут. Это мы живем хуже их.

— Доктор, я все-таки сбегаю за бутылкой. Коньяк давление нормализует, а у меня, чувствую, поднимается.

Дима поднялся со стула и нетвердой походкой двинул к двери, но, сделав три шага, остановился.

— Нет... Павел Валерьевич, вы правы. Пора тормознуть... Хотя коньяк у меня настоящий. Тоже оттуда.

Он вернулся и плюхнулся на стул.

— Вы как-то не так на меня смотрите, доктор.

— По-моему, нормально смотрю.

— Нет, вы смотрите с недоверием... А-а-а, понимаю. Думаете, как все просто — приехал в Америку, разбил стекло, женился, вид на жительство получил... Многие годами добиваются, а тут появился ухарь — раз и в дамки. Верно?

— Немного есть. История, действительно, выглядит несколько неправдоподобно.

— Так часто бывает. Очевидное вранье принимают за истину, и наоборот. Я б и сам наверняка не поверил бы. Но пока я предельно откровенен. Все сказанное — чистая правда. Хм, интересно... Если существует чистая правда, значит, должна быть и грязная. Да ладно... В дальнейшем клянусь говорить правду, только правду и ничего, кроме правды.

Дима положил правую руку на истории болезней, левую прижал к сердцу и громко засмеялся. Я снова был вынужден напомнить про тишину.

— Все, понял. Ноу проблем... Больше не буду. Да, так о чем я? О простоте душевной. На самом деле не такие они простые, как кажутся. Еще проще, ха-ха... Своего не упустят, иначе б не рассекали на «лексусах» и «шаттлах». Помню, едем как-то с Сашкой по Сансет, видим аварию. Притормозили посмотреть. Пустяки — две тетки бамперами поцеловались на перекрестке. Стоят, объясняются с полицейскими, целлюлитом трясут. Целы, невредимы, ни одной царапины. Вдруг слышат вой сирены — «скорая» подъезжает. Тут же обе, прямо при копах, на травку ложатся, ручки на грудки складывают, глазки закатывают — типа умирают бедняжки. Натурально так, Станиславский поверит. Санитары их туши на носилки кое-как перетащили, в карету сунули и в госпиталь. Я Сашку спрашиваю, чего эти коровы кривляются? «Оскара» не получат. «Оскара нет, а страховку запросто, — отвечает жена, — если пострадали в аварии, им заплатят».— «А-а-а,— подмигиваю, — понимаю. Теперь не надо передо мной кристально чистых корчить и палёным коньяком попрекать... Мы, кстати, за стекло страховку получили? В смысле — ты?» — «Нет, не успела я застраховать...»

Вот так в буднях и шопингах текли американские деньки... Я постепенно превращался в американца, а Сашка в русскую. В чем это выражалось, сложно объяснить, но это точно происходило, иногда болезненно. Организм сопротивлялся.

— Простите за нескромный вопрос... А как насчет любви? В высоком понимании?

Дима пожал плечами и почесал рыжую макушку.

— Ну до объяснений у нас дело не доходило. «Ай лав ю» я лично не говорил и из уст Сашки не слышал. Меня все и так устраивало, ее, вероятно, тоже, зачем же друг другу душу травить? Я и темы этой не заводил.

— И тем не менее. Вы любили ее?

— Не знаю, что и сказать. Если менталитет откинуть, то девчонка неплохая, без гонора. По крайней мере, на тот момент... С другой стороны, серенады под окном, наверно бы, не пел. У нас ведь не типичная ситуация. Минуя конфетно-цветочную стадию, сразу под венец, да еще и по расчету. Без ухаживаний, без страданий. Любовь без страданий, что хот-дог без сосиски. Да и друг друга толком не знали... Постель не в счет.

— Разумеется. Но часто бывает, когда брак по расчету перерастает в настоящий и люди начинают любить друг друга.

Дима еще раз почесал макушку.

— Бывает... Но вам лучше услышать историю до конца, а после я отвечу... Я тогда у Сашки и о перспективах боялся спрашивать. Как оно сложится после суда? Особенно, если проиграем... Скатертью дорога, дорогой муженек, благодарю за сотрудничество. На развод подам сама.

Я и сам на тот момент не определился. Я ж в Америку приехал не насовсем. С одной стороны, представлю, что на всю жизнь здесь останусь, — тоска берет, а коммуналку свою вспомню или Абдула с Абстулом — еще большая тоска. В общем, решил — пусть звезды за меня все решают. Как получится, так и получится.

— И как получилось?

— Нормально. Не дошло дело до суда. Посовещались господа из концерна и решили до процесса не доводить. Себе дороже. Во-первых, просочится информация в прессу, реклама — конкуренту не пожелаешь. Они там прессы очень боятся. Во-вторых, если проиграют, придется с позором машины проданные отзывать. Представляете, какие убытки? Лучше откат дать. Прислали к нам ходоков. У нас бы, к слову, прислали Абдула с Абстулом или сразу киллера.

— Нет, у нас никого бы не прислали,— возразил я, — вы хотите сказать, что из-за разбитого хулиганом стекла подали бы в суд, скажем, на «АвтоВАЗ» или «ГАЗ»?

— Да, действительно, вы правы... Не подал бы. Слава Богу, «лексус» не «Жигули»... Ходоки вариант предложили — два миллиона отступных, вместо четырех, плюс пожизненная скидка при покупке автомобиля «лексус», плюс бесплатное техническое обслуживание на фирменных станциях. Правда, с одной оговоркой — никто никогда не узнает о произошедшем инциденте со стеклом. О чем мы должны дать соответствующую подписку. А то завтра каждый начнет кулаками по стеклам лупить. Так что, доктор, извините, я вас немного обманул. Не в «лексусе» я стекло кокнул, но в не менее известной американской машине. Сами понимаете, подписка есть подписка. Штрафные санкции...

— То есть вы приняли условия концерна?

— Мы с Сашкой посоветовались, и я ее убедил сбросить стартовую цену. Лучше синица в руках... Да и совесть надо иметь. Четыре миллиона за разбитое камнем стекло. Несолидно для честного русского парня, хотя и торговавшего паленым спиртным.

— И они заплатили?

— А то! Это ж не наши люди. В течение недели перевели на Сашкин счет означенную сумму. На всякий случай я напомнил Сашке про уговор. Семья семьей, но доля — долей. Без всяких вопросов она перекинула мне пол-лимона. Пришлось тоже счет открыть, кэшем там, в Америке, практически не рассчитываются. Только по мелочи. Цивилизация. Но мне без разницы. Пластиковые деньги, так пластиковые. Ну, кто хочет стать миллионером? Ха-ха...

...Вечером в крутейший ресторан пошли на Сансет. Отметить победу над капитализмом. Я Мишку пригласил, Сашка подружку взяла. Мишка интересуется — по какому поводу гульба? Я — так и так, Сашка наследство от бабки получила. Про стекло так и не рассказал, все равно бы не поверил... На славу покутили. Не то что местный истеблишмент. Сидят чопорные такие, коктейли через трубочку посасывают, лишний раз стесняются высморкаться. Знаете, доктор, кто за соседним столиком выпивал? Ким Бессинджер! Живая!

— Понимаю, что не мертвая.

— В смысле — настоящая! Правда, в жизни она пострашнее, чем в кино, но если приглядишься, узнать можно. С теткой какой-то ужинала. Я, конечно, вида не подал, что удивлен. Подумаешь, Ким Бессинджер. Не Алла же Пугачева. Мишка на подружку Сашкину глазок положил, все намекал на одноразовое совместное проживание. Но та его намеков не поняла, ровно в полночь прыгнула в свой «мерседес»-купе и исчезла в жаркой ночи.

Да-а-а, доктор... Скажи мне кто-нибудь лет десять назад, что я, скромный россий-

ский инженер превращусь в полумиллио-
нера, стану мужем молодой американской
миллионерши, и буду отплясывать в гол-
ливудском кабаке рядом с Ким Бессинджер, дал бы в морду за издевательство над
человеческим достоинством и пустую бол-
товню.

Дима покрутил в руке стаканчик, словно прицеливаясь, с какой стороны отпить,
и, влив в себя остатки горючего, довольно
крякнул:

— Все!

Я бросил взгляд на часы. Ого, уже четвертый. Спать по-прежнему не хотелось, но
голова побаливала.

— Кофе не хотите? У меня раствори-
мый,— предложил я Диме.

— Засыпаете?

— Пока нет. Но для бодрости не помеша-
ет.— Я дотянулся до чайника и нажал кнопку выключателя.

— Спасибо, я не буду. Слишком привык
к настоящему кофе.

— Дело ваше... Да, может, вы и правы.
Нельзя предположить, какие сюрпризы
преподнесет фортуна в ближайшие десять
лет. Хотя лично мне приключение, подоб-

ное вашему, вряд ли грозит. И заработать смогу исключительно ремонтом поломанных костей.

— Не зарекайтесь, Павел Валерьевич. Попадет в вашу больницу какая-нибудь богатая мисс, положит на вас глаз и увезет за Атлантический океан.

— На «Титанике»,— улыбнулся я.— Нет, Дима, это было бы слишком фантастично, а я не люблю пустых фантазий.

— Так я тоже не любил... До сих пор думаю, не сон ли все это. А представьте мое тогдашнее состояние? Выбитая косточка на кулаке принесла целое состояние! Сказал бы мне кто в тот момент про загнивающий и умирающий капитализм. Сам бы умер на месте!

— А что было дальше? Вы рассказывали обстоятельно, но про перелом челюсти я пока ничего не услышал.

— Обязательно услышите,— кивнул Дима,— но вернемся в Голливуд. Итак, назрел актуальный вопрос — как жить дальше? Интересный парадокс — нет денег, не знаешь, как жить, есть деньги — все равно не знаешь. И посоветоваться-то не с кем, разве что сам с собою. Посоветовался, взвесил.

Никаких гарантий, что сейчас Сашка возьмет и на развод не подаст. Тем более, нестыковки в отношениях потихоньку набирали обороты. Закончился антракт — начинается контракт. Да еще деньги обратно отсудит. Кто их законы идиотские разберет? Поэтому надо подстраховаться. К примеру, перекинуть капитал на родину, так, чтобы не достали его злобные янки. Самое простое, вложить деньги в недвижимость. Купить по-тихому домик тысяч за двести — двести пятьдесят. И чем быстрее, тем лучше. На том и порешил.

Утром Сандра к клиенту, я к ее компьютеру. У них все покупки, даже очень крупные, через Интернет делают. Это там в порядке вещей. Вышел на российский рынок недвижимости, через пару часов надыбал подходящий вариант. Трехэтажный особнячок под Сестрорецком. Фонтан в холле, арки, полы с подогревом, джакузи, подземный гараж. Престижное место, природа, сосны, в двух шагах озеро и залив, недалеко от Питера. Участок двадцать соток, хоть поле для гольфа строй. За все удовольствие двести пятьдесят тысяч. Естественно, не шишек. Половина того, что лежало на моей карточке. Но я долго не раздумывал. Как говорил Рокфеллер, не переживайте, если много тратите, переживайте, если мало зарабатываете. В конце концов, особняк всегда продать можно и деньги вернуть. Фирма риэлтерская надежная, специализируется на торговле особняками для иностранцев. Сейчас многие у нас недвижимость покупают. На юриста тратиться не стал, не велика проблема — домик купить. Созвонился с фирмой, там гарантировали, что в случае каких-либо претензий к качеству здания, тут же вернут деньги и сделку аннулируют. Гарантом выступал один коммерческий банк, куда и поступят мои кровные. То есть все цивилизованно и вполне надежно, практически, как в Америке. Через неделю я получил соответствующий пакет документов — договор купли-продажи, акт технического состояния дома и прочую макулатуру. Причем не копии, а подлинники, как полагается. После с чистым сердцем набил на клавиатуре номер моей карточки. Для снятия денег. Утром проверил счет. Все в порядке, сняли ровно, сколько надо, копейка в копейку. В банке я расписался за перевод, получил чек.

Теперь, когда в России я владел частной собственностью, можно было затронуть неудобную тему о семейных перспективах. Купил в русской лавке бутылочку молдавского розового и за ужином Сашке вопрос ребром — как теперь жить будем? По любви или по расчету? Говори честно, без ссылок на ментальность... Она призадумалась, видно тоже ее этот вопрос глодал. «Знаешь, что, — отвечает, — давай сначала к тебе съездим. Я хочу Россию увидеть».

Понятно... Проблему лучше изучить со всех сторон... Справедливо, съездить надо. И с матерью супругу познакомить и Питер показать, но что потом? Назад в Америку? Еще неизвестно, захочу ли я обратно в Штаты вернуться, а Сашка у нас остаться. Скорее нет, чем да. Так Сашке и говорю. Выбирай. Она минуту-другую подумала и предложила выход. Вот что значит психолог. «Давай в России свой дом купим. Ты говорил, они у вас не очень дорогие. И будем ездить туда-сюда. Надоест здесь — поедем к тебе. И наоборот. Денег, слава „лексусу", хватит, можно на одни банковские проценты жить». — «Молодец, Сашенька! Я уже! Уже купил! Сюрприз!»

И фотографии особняка на стол кладу. «Что, это твой дом?» — «Конечно! Нам осталось только заскочить в фирму и взять ключи!» — «А туда не забредут медведи?» — «Отстреляемся!»

Покупку снова в ресторане обмывали. На сей раз в нашем, русском. Посмотрела, наконец, Сашка, что такое нормальная гульба. С цыганочкой, с выходом, от всей души. Не их буги-вуги дистрофический. Она первый раз в жизни увидела, как стаканами водку пьют. Шок — это по-нашему. Я ей говорю — и так здесь каждый уик-энд. Водка до изнеможения, после в бассейн. Прямо в одежде. Старинный русский обычай, идущий из глубины веков, передающийся из поколения в поколение. Ничего не поделать — генный уровень. Люди рождаются с этим в крови, с этим и умирают. У каждого ребенка врожденный инстинкт — пришла суббота, беги в магазин. Вот у вас, американцев, нет такого, потому что история ваша слишком мала, и на генном уровне ничего не передается, разве что любовь к поп-корну. Я ей правильно объяснил, доктор?

— Смотря в каком состоянии она была.

— В состоянии средней тяжести, говоря вашим медицинским языком.

— Тогда правильно.

— Единственное, что я не смог ей объяснить — это значение доброго русского слова «простава». Как ни пытался перевести, так и не поняла. Она меня спрашивает: «У тебя тоже генный уровень?» — «Нет, что ты. Мои предки французы, со времен Наполеона в русском плену зависли, поэтому не волнуйся, суббота для меня не повод».

Утром стали вещи паковать. Много не брали, в основном подарки для знакомых. С визами проблем не было, без всякого блата оформили. Отвальную отгуляли, Мишку обняли и в «боинг». В самолете я немного расслабился, разомлел и открыл Сашке страшную тайну. «Ты уж извини, дорогая, но не рукой я первое стекло разбил, а булыжником». Она уставилась на меня, как индеец на «гремучку». «То есть ты, Дь-и-ма, обманул концерн?» — «Только наполовину, — отвечаю, — второе стекло расколотил по-честному, исключительно за счет собственных костей. Сама видела. Поэтому мы получили два миллиона, а не четыре». Сашка опять таращится: «Зачем ты это сделал? Это не есть правильно, ты есть мошенник». — «Спокойно, дорогая. Во-первых, для концерна два миллиона, что бизону дробина, они и не заметят. Во-вторых, стекла у них все-таки говенные. А в-третьих, я русский. Это многое объясняет. Между прочим, можно все вернуть назад и извиниться. Пожалуйста. Приземлимся — звони». Не знаю, убедили ли Сашку мои аргументы, но до конца полета она со мной не разговаривала. Правда, никуда потом и не звонила, из чего я сделал вывод, что менталитет вновь побежден еще одним инстинктом. Отдавать доллары куда труднее, чем их получать... Долетели до Москвы, поболтались там пару дней, в Мавзолей заглянули, в Третьяковку. Затем — в город над вольной Невой, город нашей славы трудовой. Сашка, конечно, в трансе была от увиденного. Она думала, к трапу самолета медведи голодные подбегут. Или волки. Не, одного медведя мы действительно встретили. На Невском, возле Катькиного садика, чудик какой-то с настоящим косолапым ресторан рекламировал. Там же, на Садовой, чуть под «жигуль» не угодили. Сашка по западной привычке двинула по пешеходному переходу, не пропустив русского водителя. Хорошо, я был рядом, спас, можно сказать, от верной аварии. Долго потом объяснял, что в России все наоборот. Не в водителях дело, а в правилах. Так сложилось исторически... Когда будет у нас машин больше чем пешеходов, тогда правила поменяются.

Остановились в «Европе», по высшей категории. Теперь можем позволить качественный сервис. В Сестрорецк решили с утра нагрянуть. С частными владениями знакомиться. Я в продажную контору позвонил, чтоб ключи забрать, но там никто не берет — суббота, выходной. Ничего, так посмотрим, а в понедельник заберем.

Заказали лимузин и с ветерком... И тут, доктор, начинается самая трагическая часть моей истории. Возможно, вы уже догадываетесь.

— Дома не было.

— Дом как раз был, и даже трехэтажный, но... По нужному мне адресу находился районный кожно-венерологический диспансер... Ладно б, блин, хоть сарай или гараж, а то диспансер. Особый цинизм. Павел Валерьевич, если б вы видели, как на меня пялились в регистратуре, когда я стал доказывать, что по этому адресу должна находиться моя частная собственность. Хотели в другой диспансер позвонить. Сашка вообще ничего не понимала. Кукарекает, словно попугай, — что это за люди, что это за люди? И что они делают в нашем доме? Давай вызовем полицию...

Не надо полиции, Сандра Джоновна. Не наш это домик. Неужели, еще не поняла? Где ты тут фонтан увидела? Или полы с подогревом? А журчит за углом далеко не джакузи... А что тут делают эти люди в белых халатах, я тебе потом объясню.

Взгляд собеседника, наполненный детской обидой, скользнул по пустому стаканчику и вернулся в исходное положение.

— Я Сашку в машину затолкал, и в город. В контору, продавшую нам кожно-венерологический диспансер.

— Конторы не существовало, — предположил я.

— Это оказалось общежитие хлебозавода. Двенадцать этажей. Номер телефона, указанный на сайте, был установлен в комнате коменданта. Комендант второй год сидел на больничном и в общаге не появлялся. Скорей всего, к телефону подключились. Когда я звонил в контору из Америки, трубку снимал вежливый молодой человек, представлявшийся Романом. Никаких сомнений в подлинности учреждения у меня не возникало. Потерял бдительность на американской земле. Оторвался корнями от родины, блин... А от родины нельзя отрываться ни на секунду, где бы ни находился.

— Да, действительно опрометчиво. Надо было позвонить кому-нибудь в Россию, попросить посмотреть дом. Чего проще?

— Говорю ж, доктор, расслабился я. Да и торопился...

Дима вновь скосил глаза на стаканчик. Я его понимаю...

— Оставался еще банк, гарантировавший чистоту сделки. Через полчаса мы сидели перед его администратором и требовали справедливости. Хрен с ним, с моральным ущербом, верните баксы. Они нам по́том и кровью достались. Администратор посмотрела документы и развела руки. Мол, бумаги, хоть и качественные, но все же липа. Я парирую — извините, женщина, но деньги-то в ваш банк поступали! Значит, и фирма для вас известная! Давайте данные подлецов! Она в компьютере покопалась, нашла. Директор — Вася Дериглазов, юридический адрес — поселок Бугры, строение номер пять. Счет закрыт две недели назад. Пожалуйста, езжайте, разбирайтесь... Но я не сдаюсь. Даже, если бумаги липовые и фирма подставная, ущерб возмещает банк! По закону! Это действительно так, доктор. Я специально изучил вопрос.

— И что администратор?

— Посмотрела на меня пристально, как Холмс на хабарик. Видит, что не лопушок перед ней, а человек серьезный. Пройдите, говорит к начальнику службы безопасности, объясните ситуацию. Прошли. Лучше б, доктор, не ходили... Сидит туша — нельзя скушать. Взглядом пришибить может. Да еще и не русский. Дите гор. «Что надо?» Объясняю. Намекаю, что пойду в суд. «Слышь, друг. Ты где деньги платил? В Америке? Вот и разбирайся с Америкой. А будешь судом грозить, на гололеде поскользнешься, башку разобьешь. Будет тебе особняк. С подземным гаражом...»

И тут я все понял, доктор... За четверть миллиона меня спокойно удавят в какой-нибудь подворотне или, в крайнем случае, из ружья щелкнут, как тетерева на березе...

— Да, у нас могут,— посочувствовал я,— а если б вы всё-таки попросили б кого-нибудь предварительно посмотреть дом?

— Думаю, на такой случай отходной вариант предусмотрен. Сказали б, ошиблись адресом или еще что-нибудь. Тут на лоховатого иностранца весь расчет... Сашка за руку меня трясет, давай в Бугры поедем, найдем мистера Дериглазова. Может, он ошибся... Нет, дорогая, не поедем мы в Бугры, а пойдем в ближайший ресторан отмечать встречу с родиной... Очень я жалел в тот момент, что приехал в банк не на танке, доктор.

— Прекрасно вас понимаю. Знаете, в начале века была любопытная история. С похожим сюжетом, — я решил дать Диме легкую передышку, иначе его мотор мог закипеть,— на Лазурном берегу, кажется, в Каннах, стоял наш броненосец. Целый месяц. Моряки гуляли по городу, любовались красотами. А корабельный казначей повадился ходить в местное казино. Тайком. В итоге спустил всю корабельную кассу.

Потом признался капитану. Капитан в казино — верните, пожалуйста, наши деньги. Мол, казначей проиграл их без соответствующего приказа, а нам нечем платить жалованье. Там развели руки, извините, мсье капитан, но у вас в России, может, и принято возвращать выигрыш, но здесь другие правила. Сожалеем, но ничем не можем помочь. «Я вас понял, — ответил капитан, — но прежде, чем я уйду, обратите внимание вон на тот кораблик, а особенно внимательно на его башенные орудия. На всякий случай. Правда, большие?» Надо ли говорить, что все пушки броненосца в тот момент были наведены на одну точку... «И я абсолютно не уверен, что отчаявшийся из-за безденежья канонир не дернет за веревку огня». Казино вернуло деньги через полчаса...

— К сожалению, у меня не оказалось под рукой броненосца, — вздохнул Дима. — И еще обидней, Павел Валерьевич, что это было только началом неприятностей. Выйдя от гориллы, охраняющей безопасность, я позвонил по сотовому в свой американский банк, спросить совета. Хорошо, дежурная служба работает там круглосуточно... Вернее, ничего хорошего. Назвав все пароли и коды, я с ужасом узнал, что на моем счету осталось всего двадцать долларов десять центов. Примерно столько лежало в моем кармане, когда я прогуливался по Сансет в поисках автомобиля. Неделю назад все оставшиеся деньги были благополучно сняты. Мне объяснили, что это проделки российских хакеров и выразили соболезнования. А также предупредили, чтобы в следующий раз я не покупал в России через Интернет даже зубочистку. Спасибо, родные... Где вы раньше были? В следующий раз, видишь ли. Когда он теперь будет — следующий раз?..

Сашка к потере полумидлиона отнеслась философски, тут же спросив, можно ли купить в банке виски, а еще лучше водки. Ни того ни другого здесь не имелось, и нам предложили пережить трагедию в заведении напротив. Сказав «спасибо» заботливым сотрудникам банка, мы выползли на улицу... И тут...

Дима задержал дыхание, словно ныряльщик перед погружением в прорубь.

— И тут мы увидели «лексус». Точно такой же, что был у нас. Только не голубого, а черного цвета. Он стоял прямо напротив входа в банк среди прочего капиталистического транспорта. Вымытый и вылизанный, с блатными номерами...

Не успел я моргнуть глазом, как Сашка схватила валявшийся на земле обломок кирпича и со всего размаха въехала по лобовому стеклу! После откинула кирпич в сторону и с видом победителя олимпиады замерла на пьедестале почета, то есть возле капота!.. Ай да я! Вы представляете, доктор?!!

В английском языке слабовато с матерным запасом. Чтобы выразить Сашке свое восхищение, я орал на русском. Причем гораздо громче сработавшей сигнализации. «Что ты сделала, крейзи спятившая?!» — самое невинное выражение, вырвавшееся из моей осипшей глотки в тот исторический момент.

Затем наступила вторая естественная реакция — валить к чертовой матери, пока не убили. Схватив Сашку за шиворот, я попытался утащить ее за угол дома, надеясь, что ее подвиг никто не успел заметить. Но она стала вырываться! Она вцепилась в ручку «лексуса» и принялась доказывать, что сейчас мы компенсируем потерю дома! Ведь никто не видел, чем она разбила стекло!

А она скажет — кулаком! Хозяину возместят моральньный ущерб, а мы за четверть суммы будем свидетелями! Нет, вы представляете, доктор?!

— Замечательная сцена,— улыбнулся я.— А что вы хотели? Сами научили.

— Я кричу: «Сашка, блин, мы не в Америке! Мы в России! Идиотка! Хоть башкой стекло бей, хрен ты тут что получишь, кроме сотрясения мозга!» Она не верит! Клещом в машину вцепилась! «Глупости! — кричит.— Концерн продает автомобили по всему миру и по всему миру гарантирует качество!» — «Мир — миром, а Россия — Россией, дура! Параллельные прямые не пересекаются!» Я правильно объяснял, доктор?

— В той ситуации более чем.

— Не помогло. Единственное, что я успел сделать, оторвать супругу от ручки. Но в этот момент из банка выскочил хозяин.

— Подозреваю, он был огорчен.

— Главное, не что он был огорчен. Главное — КТО это был!.. Попробуйте угадать.

— Президент банка?

— Почти попали,— сморщился Дима и вновь потер челюсть, — это был хозяин банка. Настоящий хозяин. И носил он простое российское имя.

Дима посмотрел мне прямо в глаза, как бы заверяя, что сейчас скажет истину в первой инстанции.

— Шамиль...

— Тот самый?

— Тот самый... Здорово он за год приподнялся. И черт его дернул купить именно «лексус», а не какой-нибудь вшивый «мерседес» или рядовой «лэнд-крузер»... Впрочем, о вкусах не спорят.

Представьте, доктор, быка во время родео, которому отрубили хвост, напоили водкой и выпустили на арену. Представили? А теперь помножьте это на десять. В ответе получим гарного хлопца Шамиля. Самое страшное — он увидел возле машины именно меня. Представляю, что он подумал в тот момент. Ага, мало того, что подлец денег должен, так еще решил отыграться за визит Абдула с Абстулом. Мочить на месте без суда и следствия!

О моем состоянии в тот момент вспоминать физически больно. Да и не буду я особо вспоминать. Сами догадываетесь, Шамиль не комплименты раздавал моей модельной прическе, сделанной в «Европе»... Удар в челюсть, небо в горошек, эхо в ушах... Носилки, «скорая», операционная, шина, ваша улыбка...

Дима развел руки и тоже улыбнулся, хотя это далось ему с трудом.

— Сашку Шамиль не тронул. Она кричала по-английски, и он не стал затевать международный конфликт. Да и просто не понял, кто это такая. Главное, был я...

— Вы легко отделались. Шамиль мог сломать не только челюсть с носом.

— Наверняка сломал бы. Просто не успел. Как мне потом сказали, напротив, в ресторане, обедал участковый милиционер, по долгу службы остановивший наглое избиение. Повезло, что он был в форме, иначе Шамиль мог не отреагировать.

Сашка приехала в больницу на той же «скорой». Не знаю, на каком языке она разговаривала с врачами, но ее поняли.

— Возможно, на латыни. Ведь она в некотором роде тоже врач.

— В приемном покое, ничего не объясняя, она положила на стол пять сотен, и меня после операции перевели в коммерческую палату. Кстати, вы могли видеть Сашку. Она приходит ко мне каждый день. Пижамку вот купила модную, продукты таскает.

— Может, видел.

— Сегодня я вас обязательно познакомлю. И скажу, что вы замечательный специалист.

— Вообще-то перелом не самый сложный.

— Неважно! Главное, реклама! И уважение мирового сообщества.

В коридоре послышались тяжелые шаги, и через пару секунд в кабинет заглянул заспанный боец в камуфляже. Увидев Диму, он удовлетворенно кивнул:

— А, вы здесь...

— Да, все в порядке. Я скоро вернусь, — пообещал Дима.

Боец исчез.

— Для чего вас охраняют? — спросил я. — Боятся, Шамиль захочет завершить прерванное дело? Или потребовать долг? Деньги, как я понял, вы отдать не успели.

— А когда? Может, и вернул бы, если б он мордобой не затеял. А теперь уже и не верну. Арестовали Шамиля. Причем не милиция. ФСБ. Они приезжали ко мне. Целых два подполковника. Мол, не могут допустить, чтобы всякие черные отморозки издевались над русскими людьми среди бела дня. Заяву с меня взяли, бойцов посадили для охраны. А говорят, у нас власти не защищают интересы простого человека. Еще как защищают. В туалет и то сопровождают. Одно плохо, придется нам с Сашкой здесь, в Питере, пока пожить. До суда. Она ведь тоже свидетель. Тонко намекнули, что удрать нам не дадут. Да ладно, потерпим, в гостинице поживем. Это ж, наверно, ненадолго... Глядишь, и деньги получится вернуть. Я эфэсбэшникам про свою покупку особняка тоже рассказал. Обещали помочь.

Дима поднялся со стула.

— Вот такая, Павел Валерьевич, Санта-Моника... Все, не буду вас больше мучить. А утром обязательно познакомлю с Сашкой. Вы найдете близкие темы. Она уже немного говорит по-русски. «Здравствуйте», «как дела», «мой брат — тракторист»... Спокойной, ночи, Павел Валерьевич.

— И все же, Дима, — я тоже поднялся, — вы так и не ответили, любите ли вы свою жену?

Он замер, секунд пять рассматривал вытоптанную на линолеуме проплешину.

— Не знаю, почему это вас так интересует... Скажу, мне было бы жаль потерять ее.

Уже стоя в дверях он улыбнулся:

— А от подарков судьбы не зарекайтесь, доктор. Случай все-таки правит миром...

* * *

Возвращаясь с дежурства, я купил в метро свежую газету. Про свою персону, как всегда, ничего не нашел. Зато в разделе криминальной хроники, который я обычно игнорирую, глаза зацепили знакомое имя.

«Несколько дней назад в результате грамотно спланированной спецоперации сотрудниками Федеральной службы безопасности был задержан и арестован Шамиль Мамаев, возглавлявший одну из этнических преступных группировок города. По данным спецслужб, Мамаев осуществлял финансирование нескольких бандформирований на территории Чеченской республики, а также занимался нелегальным экспортом наркотиков и оружия. В настоящий момент Мамаев находится в следственном изоляторе ФСБ. Пока ему предъявлено обвинение в умышленном причинении вреда здоровью средней тяжести, но, как нас заверили в пресс-службе, в ближайшее время последуют обвинения в более тяжких преступлениях».

Да, как сказал мой ночной собеседник, подарок госпожи судьбы... Правда, причем здесь спецоперация? Скорей всего, это опечатка или ошибка автора...

* * *

Год спустя я заскочил в новый, только что открытый торговый комплекс, завлекавший первых покупателей бросовыми ценами. До вечерней смены оставалось часа полтора, и я решил посмотреть себе осенние ботинки. С получки можно купить. Холостяцкая жизнь приучила меня заниматься подобными вещами.

В одном из павильонов вдруг услышал знакомый голос:

— Поп-корн! Самый лучший в мире поп-корн! Американский рецепт! Сладкий и соленый, на любой вкус! Большой стаканчик тридцать рублей, маленький — десять!

Это был мой ночной собеседник. Хотя в костюме Чарли Чаплина я узнал его не

102

сразу. К тому ж он немного поправился. Дима стоял рядом с расписным стеклянным ящиком, наполненным ароматной воздушной кукурузой, и, задорно улыбаясь, размахивал американским флажком, заманивая покупателей. Тогда, в больнице, он так и не познакомил меня с Сандрой. Якобы она приболела и лежит в гостинице. И в ресторан после выписки мы не ходили.

— Здравствуйте, Дима.

— А, Павел Валерьевич! Рад вас видеть.— Бывший пациент сразу узнал меня и крепко пожал руку.

Я обратил внимание, что на запястье больше нет браслета, но на безымянном пальце по-прежнему блестело тоненькое колечко. Мы обменялись парой дежурных реплик о самочувствии и состоянии дел. И то, и другое у Димы было в полном порядке, если, конечно, это не отговорка. Он приносил прибавочную стоимость какому-то старинному приятелю, торгуя его кукурузой.

— Угощайтесь, Павел Валерьевич.

— Спасибо, Дима, я не люблю поп-корн... Признаться честно...

— Удивлены, что встретили меня здесь.

— Я был уверен, вы в Америке.

— Увы,— Дима улыбнулся грустной чаплинской улыбкой,— очередной вираж судьбы. Как там у Грибоедова: «Судьба — проказница-шалунья...» У вас есть пара минут?

— Есть. На работе мне надо быть через час.

— Вы по-прежнему трудитесь в больнице?

— По-прежнему, — подтвердил я,— вправляю челюсти и ремонтирую носы. Ничего другого я не умею. Но меня это устраивает.

— А я по-прежнему верю в подарки судьбы. И надеюсь вытащить очередной счастливый билет. Но в одном вы оказались правы. Что на халяву свалилось мне в руки, с такой же легкостью улетучилось обратно. Закон сохранения энергии, говоря научным языком. Только теперь я торгую не коньяком, а кукурузой.

— А Сандра? Она... Она тоже улетучилась?

— Как дым, как утренний туман... Я же говорю — вираж судьбы.

В павильоне, словно по заказу, включили трансляцию мелодичной песни на английском. Кажется, Уитни Хьюстон. Дима тяжело вздохнул и снял котелок. Рыжие волосы смешно топорщились вверх, отчего он стал похож на Чипполино.

— Пока я отдыхал в больнице, Сашка познакомилась со своим земляком. Прямо там, в гостинице. Какой-то предприниматель из Нью-Йорка. Здесь у него совместное предприятие... Через месяц она улетела с ним, и никакое ФСБ не смогло их остановить. Надо же... В Америке — с русским, в России с — американцем.

— Но вы же, кажется, состояли в официальном браке.

— Это формальности. Они там найдут возможность расторгнуть его. Главное, они любят друг друга. По крайней мере, она мне сама об этом сказала... Не скажу, что очень убивался. Рано или поздно, это произошло бы. И даже менталитет здесь ни при чем. Можно ссылаться на то, что она не смогла бы жить здесь, а я там, можно найти еще миллион причин, но... Вы понимаете, доктор...

— Понимаю. Не было главного...

— Да, наверно. Расстались мы спокойно, без ненужных сцен. Я попросил у нее немного денег. Пять тысяч. Купил комнату в коммуналке. Там же, на Васильевском.

Дима показал мне колечко.

— Вот, все что осталось от Сашки. Не хочу снимать. Не знаю почему, но не хочу... Хотя я ей ни разу не звонил. И она мне тоже.

— И все-таки вы жалеете, что потеряли ее?

— Нисколько, хотя иногда мне бывает грустно. Но не более... Такой вот рок-н-ролл.

Пробежавшая по лицу Димы легкая тень подсказала мне, что он слегка лукавит. Впрочем, возможно, я ошибся, и это была тень от флажка.

— Еще я скучаю по Мишке. И... Очень часто мне снятся пальмы на Санта-Монике. Как ему, наверно, снится Невский... Он, кстати, все-таки женился. На дочке хозяина рыбного магазина, в котором я мыл витрину. Не миллионерша, но Мишка доволен. А это главное.

К Диме подошел мальчик и протянул десятку. Я отодвинулся в сторону, чтобы не мешать.

— Мне соленого.

— Well... Держи... Павел Валерьевич, да-вайте я все-таки вас угощу. Это очень вкусная кукуруза. Между прочим, ее изобрели индейцы. Еще в семнадцатом веке.

Он насыпал теплого поп-корна в большой бумажный стакан и протянул мне. На сей раз, я не стал отказываться.

— Спасибо, Дима... Вы извините, мне пора.

— Да конечно... Был очень рад встрече. Еще раз благодарю за мою челюсть. Она стала лучше новой. Надеюсь, мы увидимся. Заходите.

Он приподнял котелок и опустил его на голову.

— Обязательно...

Когда я, держа в руке стаканчик с поп-корном, переступал порог павильона, Дима окликнул меня:

— И все же, Павел Валерьевич, я обязательно дождусь нового подарка... И вы не зарекайтесь...

***

В ординаторской пил кофе хирург Игорь Антонов. Я поставил перед ним воздушную кукурузу.

— Угощайся. Прямо из Америки.

— Спасибо. Слушай, ты английский, кажется, неплохо знаешь.

— Ниже среднего. А что?

— Там тетку по «скорой» привезли. Молодую, лет тридцать. У нее перелом лодыжки. Сама иностранка, по-русски ни бельмеса. Сходи, поговори с ней. Узнай, где угораздило, а то мне карточку не заполнить... Только не увлекайся. Она симпатичная...

КОШАЧИЙ КОГОТЬ

«Отдам в хорошие руки...»

Ольга на секунду задумалась, перечеркнула фразу и положила авторучку. Нет, не пойдет. Слишком обычно. Подобных объявлений в колонке больше сотни, и вряд ли стоит рассчитывать, что именно на ее предложение тут же отзовутся. Надо что-нибудь пооригинальней.

Она еще раз взглянула на разворот самой крупной городской рекламной газеты «Белый рынок». Раздел «Животные».

«Очаровательный котенок, европейский к/ш, мальчик, 3 мес. Серый, пушистый, приучен к туалету, ласковый...»

«Экзотическая короткошерстная, голубого окраса, 1,5 мес. Выставочная, клубное разведение, родословная, паспорт, недорого...»

Родословная, клубное разведение, паспорт... Звучит солидно. Интересно, какая родословная у ее Маргариты, или попросту Марго? Предположить можно. Хотя бы по отцовской линии. Папаша, стареющий тощий котяра со следами донжуанских подвигов на серой морде регулярно фланировал по двору в поисках очередной боевой подруги. Неизвестно, пошла ли Марго в него характером, но внешним обликом точно. Даже черное пятно вокруг уха такой же формы. Вряд ли и мамаша могла похвастаться дворянской благородной родословной. Дворяне редко прописаны в подвалах. Все больше по клубам.

Впрочем, когда два года назад Ольга подобрала в подъезде полуживого замерзающего мокрого котенка, ей было все равно, какой он породы и кто у него предки. Да и сейчас по большому счету без разницы. Подумаешь, паспорт. «Усы и хвост — вот мои документы», — как говорил знаменитый кот из мультфильма. Единственным неудобством было требование владелицы квартиры — никакой живности в доме. Квартиру Ольга снимала за довольно умеренную плату у пенсионерки, и терять дешевое жилье не хотелось. Приходилось перед ежемесячными визитами хозяйки прятать Марго в шкафу или под ванной.

Летом Маргарита согрешила, как не берегла ее Ольга от этого необдуманного шага. Правда, к хирургическому вмешательству ветеринара с известной целью дело пока не доходило. Где-то прочла, что это жутко портит кошачий характер. Согрешила неблагородная сеньора на даче у родителей Вики — Ольгиной институткой подруги. Решив порадовать животное теплым солнышком и зеленой травкой, хозяйка взяла Марго с собой на загородный уик-энд. Животное ответило черной неблагодарностью. Пока люди возились с шашлыком, она снюхалась с рыжим самцом, скучающим на дачных участках без женской ласки. Роман был недолгим, но бурным. В итоге, спустя три месяца, вернувшись как-то из института, Ольга обнаружила дома небольшое пополнение. Три девочки и три мальчика, то есть шесть голов кошачьего племени. Пацаны — серые, в Марго, девки — рыжие в папашу. Притопить в ведре, как советуют бывалые люди, не поднялась рука. В конце концов не велика проблема, можно раздать знакомым. С этой мыслью Ольга и отправилась в ларек за кошачьими консервами.

К январю отпрыски подросли, принялись активно гадить по углам, драть обои и носиться по ночам, нарушая покой и сон. То есть настал решительный момент избавления, иначе квартира превращалась в кошачий притон, и ее хозяйка, несмотря на мягкость характера, могла показать Ольге на дверь.

Но проблема сбыта поголовья оказалась не такой простой. Почти у всех знакомых домашние любимцы уже водились, остальные ссылались на страшную аллергию или лютую ненависть к животному миру. Одного пацана удалось пристроить в институтскую библиотеку. Мыши слишком азартно стремились овладеть знаниями и уже, не стесняясь, грызли научные раритеты прямо на глазах профессуры и студенчества. Второй отпрыск был подарен на день рождения сокурснице, третьего забрала дворничиха — одинокая дама, страдающая от жестокой алкогольной зависимости. Поклялась на метле, что котенка не пропьет и воспитает из него достойного члена общества. Но на второй день все же пропила, хотя и заверила, что кот попал в приличную, исключительно порядочную семью.

С девками дело обстояло сложнее. Какая-то половая дискриминация. Категорическое нет. «Куда нам котят потом девать? Да еще таких рыжих?»

Ольга съездила на птичий рынок, надеясь пристроить наследниц рыжего дачника бабкам, торгующим щенками и котятами. Но, посмотрев на картонные коробки, в которых копошились тощие и грязные животные, передумала. Чувство жалости в очередной раз спутало карты.

Короче, время шло, киски росли, импортные освежители воздуха с нагрузкой уже не справлялись. Подвальный инстинкт гнал кисок в любые укромные уголки, кроме мест общественного пользования. Хозяйка подозрительно водила носом и кивала на висящие клочки свежеоторванных обоев. Приходилось ссылаться на собственную неосторожность. Марго со своим семейством в это время таилась в спасительном шкафу.

— Знаешь что, — посоветовала Вика, заглянув как-то к Ольге, — а ты их через газету отдай. Рекламную. Распиши только поярче.

У меня сестра двоюродная так все время делает. У нее тоже кошка. За два дня по восемь котят сплавляет.

— Не может быть.

— Точно. Тут ведь психология. Человек приезжает смотреть котят, иногда издалека, иногда с детьми. Возвращаться назад с пустыми руками уже не хочется, и ребенок канючить начинает. Ребенку плевать, породистый кот или нет. Главное, маленький. Игрушечный. Так что, бери ручку и пиши объявление. Обязательно красивое, чтоб в глаза бросалось.

— Ладно, попробую.

На другой день Ольга купила в киоске свежий номер «Белого рынка», вырезала купон для рекламных объявлений и приступила к делу, предварительно решив подготовить черновик. Но фразы в глаза не бросались. «Отдам в хорошие руки...» Слишком трафаретно.

Ольга свернула газету и посмотрела на спящих возле ног котят. «А если их не возьмут? Через год-другой они тоже начнут плодиться, и что прикажете делать? Кошачий клуб открывать в однокомнатной квартире, да к тому ж чужой? Есть, конечно, сумасшедшие бабули, по сорок кошек дома держат, но я-то пока из ума не выжила».

Марго царапала лапой дверь, пытаясь пробраться на кухню, к кормушке. Отучить от этой манеры Маргариту никак не удавалось, дверь окончательно лишилась первозданной красоты. Киски проснулись, зевнули и дружно ринулись обрывать оконные занавески. Ольга, вздохнув, вернулась к объявлению.

«Добрые, милые, очаровательные котята, девочки...»

Нет, не то...

«Бесплатно! Чудесные котята от породистых родителей...»

Не пойдет. Тут в каждом объявлении породистые и чудесные.

Может так: «Вы хотите иметь хорошую спутницу жизни? Ласковая киска скрасит ваше одиночество!» Уже лучше, но все же не идеал. Слишком длинно и пессимистично. Надо же, никогда не думала, как трудно сочинять рекламу.

Помучавшись еще четверть часа, Ольга, наконец, остановилась, на оптимальном, как ей показалось, варианте.

«РЫЖЕНЬКИЕ ОЧАРОВАТЕЛЬНЫЕ КИСКИ СКРАСЯТ ВАШ ДОСУГ! ПРЕКРАСНЫЕ ЭМОЦИИ НА ДОЛГИЕ ГОДЫ! Звонить вечером. Ольга. Тел...»

Заполнив купон, Ольга запечатала его в конверт и отправилась на почту...

***

Юлия Борисовна вскрыла очередной конверт, но, решив передохнуть, отложила его в сторону, сняла очки и помассировала уставшие глаза. Нет, в таком бешеном ритме работать невозможно. Она ж не робот. И не из железа. Срочно нужен напарник, а лучше пара. Да и жалованье накинуть не помешало бы. Только начальство на ее просьбы пока реагировало вяло, что и понятно. Издание частное, экономия — один из основных принципов империализма. «Вы уж, Юлия Борисовна, постарайтесь. Вы опытная, а новый человек пока в ритм войдет, пока научится». Замечательно. Рекламопоток растет, как тесто на опаре, а Юлия Борисовна хоть умри, но почту обработай. Учиться, видишь ли, новому человеку долго. Да чему тут учиться? Можно подумать, у них хирургия или кабина самолета. Стол, ножницы да конверты. Распечатал, отложил в нужный ящик с названием раздела, и все дела. Попадаются иногда бестолковые рекламодатели — забывают указать рубрику, тогда приходится вникать в суть объявления. Но по большому счету это тоже не великая наука. Отличить рекламу о продаже старых «Жигулей» от брачных объявлений сможет даже человек с незаконченным средним образованием, лишь бы читать умел.

Газета «Белый рынок» была единственным крупным рекламным изданием в их городе, соответственно, пользовалось у населения заслуженным спросом. Тиражи росли ежемесячно, но штат и зарплата в росте давно замерли. Спорить с учредителями-начальниками бесполезно, не хочешь работать — скатертью дорога. Желающие найдутся... Стоило ли затевать перестройку и плюрализм, чтобы сейчас не сметь открыть рта...

Погоревав с минуту, Юлия Борисовна вернулась к непосредственным обязанностям, взяв отложенный конверт и достав из него купон. «Так, что тут?.. Ну вот, опять не указан раздел. Господи, какие ж все бестолковые... „Рыженькие очаровательные киски скрасят ваш досуг. Прекрасные впечатления на долгие годы. Звонить вечером...“»

Как опытный сотрудник отдела частных объявлений Юлия Борисовна мгновенно поняла, о чем речь. Очередная сводническая конторка. Раздел «Хобби» либо «Бани-сауны-массаж». О помывке-массаже речи нет, значит — «хобби». Ишь, ты, рыженькие киски. Чего только проститутки не придумают. Как человека времен застоя, Юлию Борисовну поначалу шокировали подобные объявления, но потом она привыкла. Раз раздел не закрывают, значит можно. Но даже если и нельзя — печатать будут и дальше. Удовлетворение спроса — еще один принцип империализма.

Она бросила купон в ящичек с соответствующим номером и взяла следующий конверт...

* * *

— Ну что, готов оказать милиции невооруженное сопротивление? — Витька поправил под мышкой кобуру и, сверкнув коронкой, подмигнул стоящему напротив юноше.

— Оказать окажу, только чтоб без последствий, — боязливо покосился тот на выпирающую из-под куртки оперативника дубинку.

— Извини, все должно быть натурально. Иначе заподозрят тебя, Леха, в подлом доносительстве. А синяки — хоть какая-то отмазка. Так что — терпи. И кричи громче. Козлы, там, шкуры продажные. В общем, чего тебя учить, сам все знаешь.

— Ладно, — хмуро буркнул Леха, выкидывая окурок в грязный, почти растаявший сугроб, — пошел я.

— Не забудь дверь оставить открытой, — напомнил Юра, Витькин молодой напарник, пришедший в отдел на прошлой неделе из милицейской академии.

— Помню, — пробормотал тот и скрылся в подъезде.

— Сосчитай до пяти и следом за ним, — Витек указал Юре на дверь, — пройдешь мимо и встанешь этажом выше. Я останусь на третьем. Пушку лучше не доставай, а то завалишь кого-нибудь сдуру. Любите вы, молодежь, палить.

Юра молча кивнул, дескать, понял, и спустя пять секунд последовал за Лехой.

Для него это было первое в жизни задержание. И хотя он успокаивал себя, что ничего сложного здесь нет, сердце предательски сотрясало грудную клетку. Юре казалось, что стук слышат за каждой дверью. «Спокойно, спокойно... Там, в адресе, не душегуб-убийца, не террорист, не каторжник беглый. Ствола у него нет, в заложники никого не захватит. Главное, чтоб товар в окно или сортир не скинул...»

Действительно, ничего особо опасного товарищ собой не представлял. Обычный торгаш героином, влачащий существование на четвертом этаже старой кирпичной девятиэтажки. Двадцать шесть лет, не судимый, скопивший неправедным бизнесом на старый «фольксваген-пассат». Где добывает героин пока неизвестно, но это сейчас и неважно. Хоть на кухне культивирует. И знать бы про героя не знали, если б не общегородская операция «Паутина», объявленная третьего дня. В ходе которой рекомендовалось совершить массу богоугодных дел. Например, раскрыть серию краж, задержать пару-тройку беглых бандитов либо изъять незаконное оружие. На худой конец, разорить наркопритон. Главное, к назначенному сроку положить на стол начальнику отчет о добросовестно проделанной работе. Чтоб не обозвали тебя обидным словом «дармоед» и не отправили обратно в академию доучиваться.

— И что делать? — взволнованно спросил Юра старшего товарища, придя после оперативного совещания в кабинет и сообщив новость о «Паутине».

— Финга, — спокойно отмахнулся Витек, — в первый раз, что ли? «Паутина» так «Паутина». Сейчас все организуем. Дай-ка записнуху мою. Для начала вызовем человека-паука.

Через полчаса между ними сидел Леха по кличке Заноза, восемнадцатилетний доходяга, с длинными, словно паучьи лапы, руками, активный член аморальной наркоманской тусовки района. Сам он ни шайтан-травой, ни «герычем» не баловался, но в любое время суток мог обеспечить желающих и тем и другим. Чем и зарабатывал на хлеб насущный. В силу особенностей выбранной профессии располагал сведениями, хоть и не составляющими государственную тайну, но за разглашение которых мог лишиться не только длинных рук.

Именно благодаря этим обстоятельствам и попал Леха в перекрестие аса первого класса, опытного пилота Виктора Антоновича, или просто Витька. Витек действовал по четкой, давно проверенной методике. Для начала прихватил Алексея с приворотным зельем на кармане. Чье это было зелье, история умалчивает, но, судя по тому, что задержанный протестовал не слишком активно, все-таки Лехино. Затем последовали прения сторон. Задержанный заверил, что больше ничего запрещенного в карманах таскать не будет, и попросил выпустить его на свободу. Витек убедил его в обратном, мол, как таскал, так и будешь, а свободу надо заслужить исключительно активной жизненной позицией. То есть энергично барабанить. «Иначе, заморыш, в лагерной самодеятельности будешь в сказке Пушкина играть. Золотого петушка!» Алексей после недолгих раздумий выбрал первое, ибо Пушкина не переносил с детства. Таким образом, в преступную среду микрорайона на почти добровольных началах был внедрен глубоко законспирированный агент под псевдонимом Заноза. Не Юстас, конечно, но и у нас не Третий рейх. Демократическая общественность заявит, что Виктор Антонович аморальный сотрудник, но, увы, никакой другой методики в мире еще не придумано.

Сегодня, в день старта операции «Паутина», агенту Занозе предстояло сдать какого-нибудь наркоторгаша. На его усмотрение, но, желательно, рангом повыше и на родной территории. Леха поскрипел мозгами и нехотя назвал заветный адрес. Живет такой парень, ездит на «пассате», торгует почти в открытую, ментов не боится. Разве что рекламу не повесил перед подъездом. План захвата разработали тут же. Заноза звонит в дверь условным звонком, спрашивает у хозяина про товар и заходит в хату, если получает утвердительный ответ. Дверь на замок не запирает. Следом вежливо проникают оперативники, бьют обоих, а также всех, кто находится в помещении, после чего изымают проклятый героин. Алексея, понятное дело, бьют для прикрытия, но по-настоящему. Для его же безопасности. Его алиби гарантировано — менты вторые сутки сидят в засаде возле мусоропровода, мечтая сорвать преступную сделку. Вот и вся оперативная разработка. Осталось красиво реализовать и не менее красиво отрапортовать...

Юра прислушался. Судя по звуку шагов, Заноза приближался к четвертому этажу. Все, пора. Молодой оперативник бесшумным соколом устремился наверх. Следом в подъезде появился Витек...

Леха застыл перед квартирой словно индеец, увидавший памятник Колумбу работы Церетели. Прежде всего бросалось в глаза выражение лица агента. Застывшая на века улыбка Джаконды. Вернее, Занозы.

Юра на цыпочках поднялся к агенту, взглянул через плечо на обитую рейками дверь. В районе глазка ржавой кнопочкой был пришпилен обрывок картонной коробки из-под блока «Винстона» с каким-то корявым текстом, начертанным красным фломастером.

Выпускник академии, страдающий легкой близорукостью, наклонился ближе к двери и прочел:

«ВСВЯЗИ С ПРАВИДЕНИЕМ В ГОРОДЕ ОПИРАЦЫИ ПАУТИНА ПРОДАЖА НАРКОТИКОВ ВРЕМЕНО ПРИКРАЩЕНА»...

124

* * *

— А может, другие адреса накроем?

— Бесполезно,— Витек сделал глубокую затяжку и поднял глаза на план территории отдела, — они уже все в курсе. Зуб даю на отсечение, были в курсе за неделю до «Паутины».

— Телетайп только вчера пришел.

— Я тебя умоляю... Не брякни такое в деловом обществе. Руки больше не подадут, решат, что блаженный.

— И как быть? Отчитываться все равно придется...

— Они б, едрена мать, зарплату так бы платили, как отчеты канючить. — Витек снял с батареи высохший ботинок и стал обуваться. — Ладно, есть у меня мыслишка. Сгоняй в киоск, купи свежий «Белый рынок».

— Продать что-нибудь хочешь?

— Все, что можно продать, уже продано. Остались только пистолет и офицерская честь. Но, если так пойдет и дальше, продам тоже... Давай, иди. Любовное гнездо разорим.

— Не понял.

— Какие вы, академики, непонятливые... Пять лет штаны протираете. Я б вас за месяц всему научил... Объясняю популярно. Нам ведь неважно, что раскрывать. Хоть шпионаж в пользу Турции, хоть жестокое обращение с животными. Для «Паутины» все сгодится, «Паутина» все стерпит. Значит, раскроем то, что плавает на поверхности. Статью двести сорок один помнишь?

— Конечно, — гордо заявил выпускник академии, — организация или содержание притонов для занятий проституцией. От штрафа до пяти лет.

— Молоток, профессор! Бесплатное питание получал не зря. Короче, такой притон мы и накроем. А адрес возьмем в газете. Там целый раздел есть. Выбирай, не хочу. Наверняка найдем и на нашей земле.

— Да, я видел как-то рекламу... Еще удивился.

— Удивляться в нашей державе ничему не надо, удивлялка сломается. А если удивишься, никому не говори об этом. Шагом марш за прессой!

Спустя десять минут на столе, словно карта боевых действий раскинулся свежий номер «Белого рынка», над которым склонились два великих полководца.

— Так... Что нам предложат сегодня? «Отмажу от армии...» Нет, это не то. Ага, вот. Ох, сколько. По два притона на квадратный сантиметр. «Две симпатичные кобылки развлекут и расслабят нежадных ковбоев! Приезжай и позвени шпорами в нашем стойле...» Ого, — Витек почесал макушку, — классно завернули. Кобылки, блин, неподкованные. Дальше... «Ощути жар», «Бюст номер 8». Не знаешь, такой бывает?

— Не слышал.

— «Зеленые козочки», — продолжил Витек, — из болота, что ли?..

Кобылки, козочки. Колхоз какой-то... «Волшебный полет на Венеру. Постоянным клиентам скидки». Это как? Две по цене одной? Назад бы потом с Венеры вернуться.

— А вот. «Все. Дорого».

— Не пойдет. Земля не наша. Да и без задоринки как-то. Где нет фантазии, там нет живого интереса к клиенту.

— Нам не все ли равно?

— Не скажи. Тебе кого приятней задерживать — симпатичную кобылку или какую-нибудь косорылую Маню из Молдавии?

— Да без разницы. Лишь бы отчитаться.

— Это потому, что молод ты еще и зелен, как ранний помидор. От работы надо получать удовольствие. Даже от грязной работы.

— Смотри. Вот, кажется, наша земля. «Рыженькие, очаровательные киски скрасят ваш досуг. Прекрасные эмоции на долгие годы. Спросить Ольгу».

— Да, телефон где-то рядом, — подтвердил Витек, — рыженькие, значит... Рыженьких я уважаю. И рекламка ничего. Как говорится, еще не порно, но уже задорно. Тогда весь труд насмарку. Ну-ка, пробей телефон по базе.

Юра запустил компьютер эпохи мезозоя, изъятый у одного мамонта, и вставил пиратский диск, приобретенный на лотке с оперативных расходов. Диск содержал совершенно секретную информацию об абонентах городской телефонной сети.

— Есть, — Юра довольно потер ладони, — переулок Ильича, дом семь, квартира пятнадцать. Прописана Синельникова Клавдия Ивановна, тридцать второго года рождения. Никакой Ольги нет.

— И быть не может. Все эти конторки так устроены. Легче обставляться, если прихватят. Что ж, создадим себе эмоции на долгие годы. Бери трубку, звони.

— Почему я?

— Набивай, так сказать, оперативную руку.

— А что говорить? — вялым голосом уточнил выпускник.

— Так и говори. Звоню по объявлению, хочу скрасить досуг. Если одобрят, договаривайся. Лучше часиков на шесть забивайся, чтоб до конца рабочей смены успеть. Я на подобную чепуху личное время тратить не собираюсь.

— А потом?

— Сначала договорись, дальше объясню.

Юра снял трубку и, пару раз сбившись от волнения, набрал нужный номер.

— Алло... Ольгу можно?

— Здравствуйте. Слушаю.

Юра кивнул наставнику, мол, контакт с объектом установлен.

— Я по объявлению... Насчет кисок...

— Пожалуйста. Приезжайте, выбирайте.

— Я сегодня приеду. В шесть часов. Вас устроит?

— Вполне.

— Тогда записывайте адрес.

— А я зн...— Юра осекся, увидев характерный жест наставника, видимо, угадавшего, о чем идет речь,— да, пишу...

— Переулок Ильича, дом семь, квартира пятнадцать. Код на дверях — один, два, четыре.

— Все, записал. До встречи.

Юрий повесил трубку и поднял глаза на Витька.

— Ну как?

— Для первого раза сойдет. Хотя, скорей всего, тебя приняли за выпускника средней школы, которому предки подарили сотню баксов за хорошую учебу и примерное поведение. Ставь бандитский голос. И в следующий раз спрашивай о цене. Иначе звонок может насторожить.

— Ой, я как-то забыл. Давай перезвоню.

— Не надо. Пусть думают, что у тебя очень богатые предки и есть деньги не жизненно важный вопрос. Так, сколько на моих? — Витек покосился на часы. — Без

130

пятнадцати пять. У нас еще есть время на ресторан, сто граммов боевых и послеобеденную папиросу. Хотя Госдума и запретила курить на рабочем месте.

— Как будем задерживать?

— Проще некуда. Вот держи диктофон,— Витек, порывшись в залежах сейфа, выудил перемотанный изолентой корейский «Голд стар», — заходишь в адрес, осматриваешься. Договариваешься о цене, светишь деньги. Потом в комнату, или куда там тебя определят. Когда все что надо запишется, кричишь: «Руки в гору!» и показываешь полицейский значок. Затем открываешь дверь и впускаешь меня. Дальше я объясняю права и провожу первичные следственные мероприятия. Ну это уже мои проблемы.

— А если они не дадут дверь открыть?

— Громче ори. Сам вынесу. Мне что дверь, что челюсть... Качество работы гарантирую.

— Мы вдвоем пойдем?

— Захватим спецназ ГРУ... Естественно, вдвоем. А ты роту ОМОНа хотел пригласить? Так весь ОМОН черных по рынкам ловит, им не до разврата. У них тоже «Паутина». Форму допуска номер десять проверяют.

— Какой еще допуск?

— Разрешение на торговлю. Черные червонец в паспорт кладут. Форму десять. Есть допуск — торгуй, нет — в кутузку. В особых случаях требуется форму сто или пятьсот. А что делать? Я ребят понимаю. Сам скоро начну. Потребительская корзина растет...

— Так, может, из отдела кого-нибудь возьмем?

— В отделе некомплект тридцать пять человек. Хорошо, хоть тебя на прорыв кинули... Не боись, академик. Справимся. Главное, активней будь. Не жди, пока с тебя штаны начнут спускать. Сам, сам... Ты же опер, а не просто в ксиве написано...

* * *

Ольга сняла закипевший чайник и отнесла его в комнату. Сидевшая на диване Вика взяла с коленей котенка и опустила на пол.

— Беги, рыжий.

— Такой же, как ты, — улыбнулась Ольга.

132

— Хватит подкалывать. Многим нравится. Не в зеленый же перекрасилась. Ты б видела, как на семинаре на меня Голубев пялился. Вывих шеи, наверно, заработал. Пятерку поставил на ровном месте.

— Тебе без сахара?

— Без. И так полкило перебрала. На нервной почве,— Вика недовольно ухмыльнулась.

— Из-за Толика?

— Да нужен мне этот Толик? Параллельно... Ни рыба, ни мясо. Тряпка половая. Любой ноги вытрет.

— Чего ж ты с ним тогда?

— А ничего и не было. Подумаешь, пару раз в ночной клуб сводил. На папину подачку. Ты-то чего тянешь? Завела б кого-нибудь. Кроме кошки.

— Успею. Мне бы с дипломом разобраться.

— Хороший мужик диплому не помеха. Я даже скажу — наоборот.

Котенок подскочил к Вике и, радостно мяукнув, прыгнул, впившись когтями в ее колготки.

— Ну-ка, брысь!.. Вот гаденыш! Новые колготки порвал... Не звонили еще по объявлению?

— Сегодня обещали прийти. В шесть. Кстати, уже без пяти. Хоть одного бы пристроить... Ой, погоди,— вдруг что-то вспомнила Ольга,— сегодня какое?

— Пятнадцатое.

— Черт... Клавдия заявится. За деньгами.

— Во сколько?

— Обычно тоже часов в шесть приходит. Если что, скажем, это твои кошки. Мол, принесла предложить.

— Вряд ли поверит.

— Надо их тогда в ванную перенести. В шкаф уже опасно, когтями все вещи испортят. Кис-кис-кис...

Ольга схватила в охапку подбежавших котят, перенесла их в ванную комнату, сунула под ванну и закрыла пластиковой шторкой. «Лишь бы не орали в темноте». После отправила туда же Марго.

За этим занятием ее застал звонок в дверь. Ольга выскочила из ванной, мельком взглянула в зеркало, поправила волосы и подошла к двери.

— Кто там?

— По объявлению, — послышался бодрый молодой голос.

«Слава Богу, не Клавдия».

Ольга открыла дверь. На пороге дружелюбно улыбался симпатичный парень в короткой кожаной куртке.

— Здравствуйте. Я Юра. Звонил по поводу кисок. Рыженьких.

— Да, проходите, — Ольга пропустила парня в прихожую и заперла за ним дверь, — посидите пока в комнате, я сейчас.

Она указала молодому человеку на комнату, а сама скрылась в ванной.

«Для начала осмотрись, после давай по обстановке. Главное, не менжуйся, как девственница. И спокойней, спокойней. Если в доме нет оружия, стрелять не будут, обещаю», — вспомнились слова наставника.

Юра максимально цепким взором окинул прихожую. «Хата как хата. Не отель в Лас-Вегасе. Дезодорантами пахнет. Музычка играет. „Депеш мод“. „Фри лав“. Свободная любовь. В тему. Для поднятия полового духа, наверное. Что ж, поглядим, что у нас в комнате за фри лав».

Юра повесил куртку на крючок в прихожей, поправил диктофон, спрятанный на поясе, и ринулся плести оперативную паутину. Выпитые боевые граммы придавали уверенности и вдохновения.

Комната оказалась довольно опрятной, а не «собачьей конурой с блошиной тахтой», как предсказывал опытный Витек. И девочка — не жирная каракатица из Средней Азии, а вполне ничего. Надо же, действительно, рыжая. Не обманули. Да, такая поможет скрасить досуг. И очень замечательно скрасить.

— Прифет, мадемуазель! — Юра, действуя по установке наставника, скорчил самодовольную мину и вальяжно плюхнулся на диван рядом с девицей.— Я Юрок. А как звать киску?

— Здрасте, — холодно ответила та, отодвигаясь от молодого человека,— Марго.

«Черт! — вспомнил про себя молодой человек, — сначала ж надо о цене договариваться. С бандершей. Бандерша, наверно, та, что дверь открыла. Тоже ничего, кстати. Еще, пожалуй, и лучше. Вот, блин, дурочки... Выбрали профессию, королевы».

— Очень приятно,— Юра сменил тон на более деловой,— в сотенку-то уложусь?

Он покрутил фальшивой стодолларовой купюрой, выданной предусмотрительным Витьком для создания условий, максимально приближенных к боевым.

— Это с Ольгой договаривайтесь. Насколько я знаю, она денег не берет. Так, копеечку. Символически...

«Может, это у них рекламная акция? Или они тоже в курсе „Паутины“? — прикинул Юра. — Правильно Витек говорил, в наше время ничему нельзя удивляться. Что ж, за копеечку, так за копеечку, в отчете сумму не указывают... Ну с Богом. Начинаем...»

* * *

— Вылезайте быстро! Кис-кис-кис,— Ольга, присев на корточки, безуспешно пыталась выманить из-под ванны котят и Марго. Достать рукой не удавалось, животные забились в дальний угол.

Им явно понравилось новое укромное место, и вылезать из темноты они не торопились. А может, почувствовали что-то нехорошее.

— Марго, Марго... Я кому сказала, вылезай... Вот ведь... Ну сейчас я вам...

Ольга взяла швабру и засунула ее под ванну. Котята замяукали, но по-прежнему категорически отказывались вылезать к хозяйке.

«Надо было все-таки в шкаф...»

* * *

Витек допил пиво, достал папиросу, помял ее и закурил на рабочем месте, наплевав на постановление Госдумы.

«Дверь-то дохлая, — оценил он оперативную обстановку, сидя на подоконнике этажом выше, — вынесу с одного удара, если что. Конторка, чувствую, вшивая. Интересно, кто ее прикрывает? Братва или менты? Ежели менты, весь труд коту под хвост».

Внизу хлопнул дверьми лифт, пополз наверх. Витек на всякий случай забрал пустую бутылку и соскочил с подоконника. Лифт остановился на этаже с пятнадцатой квартирой. На всякий случай оперативник спрятался за трубой мусоропровода. Из лифта выгрузилась полная бабуля в зеленом пальто с рыжим воротником и решительно направилась в сторону притона, позвякивая ключами...

* * *

Юра небрежным движением расстегнул пуговку на рубашке и вплотную придвинулся к девушке.

— Ну че, киска? Начнем, что ли, скрашивать досуг? — Тон с делового вновь сменился на расслабляющий. (Магнитолу бы убавить, а то не запишется ни фига на диктофон!)

— Не поняла...

— Ну вы же обещали впечатления на всю жизнь? Вот я хочу их получить. Чего мы время-то теряем? (Рабочий день кончается!)

Юра подмигнул «Марго». Та громко икнула и еще плотнее вжалась в диван.

«Он же пьяный, водкой несет... Боже мой, какие мы дуры с Ольгой! Словно газет не читаем и сериалов не смотрим. Предупреждают ведь — не впускайте незнакомых домой! Кто-то рассказывал Вике, как злодеи пользуются рекламными объявлениями в газетах. Приходят, якобы котят посмотреть, а потом нож достают или пистолет. Грабят и убивают... Господи, что у него на поясе?»

Юра не ослаблял натиск. (Ну давай, киска, давай, скажи заветные слова, пока батарейка не села.)

Диктофон уперся в дамское бедро.

«Больно как... Точно, пистолет... Что же делать?»

— Че ты, как замороженная?..

Юрина ладонь легла ей на колено и медленно поползла вверх по стрелке, оставленной на колготках рыжим котенком.

* * *

Синельникова Клавдия Ивановна, пришедшая за квартирной платой, отперла замок своим ключом и с порога спросила:

— Оленька, ты дома?

Из ванной комнаты выскочила слегка взъерошенная Ольга.

— Да... Подметала вот. Здравствуйте, Клавдия Ивановна. Проходите. Чая не хотите? У меня ребята из института.

— Мне еще за пенсией в кассу, Оленька, я и раздеваться не буду... А ладно, чайком угощусь, так и быть.

Угоститься не получилось.

...Вдохновенный вопль, от которого затряслись стекла, и сработала сигнализация стоящей во дворе машины, пронзил воздушное пространство. Источник звука находился в гостиной. Из резкого он перешел в затяжной.

Когда Ольга распахнула двери комнаты, они с Клавдией Ивановной увидели следующую картину. По полу, в коленно-локтевой позе ползал и изрыгал описанные выше звуки молодой человек. Рядом с ним валялся разбитый диктофон. Вика носилась вокруг парня и с криками: «Получай, сволочь бандитская!» поливала его кипятком из чайника.

Пока Ольга пыталась найти логическое объяснение увиденному факту, входную дверь потряс сокрушительный удар, от которого последняя вместе с косяком и частью стены влетела в прихожую и рухнула на пол. (Шесть баллов по шкале Рихтера. Высший пилотаж!) Из взвившегося столба бетонной пыли, словно черный призрак зла, возник крепкий мужичок с лицом, напоминающим средневековый таран. Передернув затвор большого черного пистолета, мистер Ужас сверкнул золотой коронкой и прорычал:

— А ну руки в гору, шкуры потные!

— Вы кто? — едва слышно прошептала интеллигентная и богобоязненная Клавдия Ивановна.

— Скоро узнаешь! Что ж ты, кочерга старая, бл...й притон устроила?! Думаешь, амнистируют по возрасту? Пять лет тебе с конфискацией!!! И шлюхам твоим!!!

* * *

Когда Ольга с помощью нашатыря приводила в чувство лежащую на половике Клавдию Ивановну, а Юра смазывал ошпаренные участки кожи женскими духами, как советовал учебник по оказанию первой помощи, из ванной комнаты, томно мурлыча, вышла Марго, потянулась и с наслаждением оставила на двери очередной след острых когтей...

* * *

— Да, неудобно получилось, — по привычке почесал макушку Витек, — но они тоже хороши. Думать же надо, какие объявления давать. Как рожа-то, заживает?

— Терпимо. Хорошо кипяток не крутой был... Обидно — и делать-то ничего не собирался. Хотел ее на разговор вытащить... А она хвать чайник. И увернуться не успел.

— Насчет дверей я договорился, мужики из жилконторы бесплатно починят. У меня компра на них. А моральный ущерб ты возмещай.

— Как это?

— Ну, блин, ничего сам не можешь... Бери шампанское, шоколадку, гвоздички и к студенткам. Хоть танцуй перед ними, хоть фокусы им показывай, но чтоб заяву из прокуратуры забрали. Только по уму все делай... Без тяжелых последствий. Академик...

* * *

Через четыре месяца Юра женился на Ольге. Прокуратура списала материал проверки в архив. Молодая семья сняла новую квартиру.

Сразу после их свадьбы Марго родила еще шестерых котят.

СЮРПРИЗ

— Девушка, мы закрываемся... Поторопитесь или приходите утром.

— Да, я сейчас, — Даша в который раз скользнула глазами по витрине отдела мужской кожгалантереи, — еще вон ту сумочку покажите, если не трудно. Во втором ряду, справа.

Продавщица, не скрывая раздражения, повернулась к стеллажу. Ну сколько можно выбирать? Кажется, эта дамочка торчит возле прилавка второй час. Хорошо, универмаг закрывается. Дотянувшись до стеллажа, она сняла небольшую изящную барсетку из черной кожи.

— Эта?

— Да, спасибо. — Даша взяла сумочку и покрутила ее в руках. — Чье производство?

— Италия. Настоящая. Очень хорошо берут, это последняя.

Звучало неубедительно. Про все предыдущие сумочки продавщица говорила то же самое.

Кожа была мягкой и, как показалось Даше, теплой, хотя стеллаж располагался возле холодного окна. Она щелкнула маленьким серебристым замочком с гербом, заглянула внутрь. Три больших отделения, специальный кармашек для мобильника. Еще один потайной. Очень удобно. Ткань расшита такими же, как на замочке, гербами. Есть ремешок и ручка. Барсетка выглядела очень стильно и дорого, странно, что Даша сразу не обратила на нее внимание.

Она, действительно, стояла возле прилавка около часа, по очереди перебирая сумочки. До этого обошла несколько магазинов, выбирая подарок для Сергея. Не хотелось покупать мужу абы что, для проформы. Подарок должен быть с душой, тем более на День всех влюбленных. Сначала хотела выбрать ремень или бумажник, но потом посчитала, что для такого праздника это не совсем в тему... Туалетная вода тоже отпадала, дома стоят два новых флакона, подаренных на Новый год. Барсетка — оптимальный вариант, тем более Сергей вечно рассовывает по карманам всякие нужные бумаги и документы, а после героически их разыскивает. Теперь будет куда положить. К тому ж такая вещица очень сильно меняет внешний облик мужчины, добавляя деловой солидности.

— Сколько она стоит?

Продавщица назвала цену. Дороговато. Даша почти два месяца давала дополнительные уроки английского, чтобы накопить на подарок. И все равно не хватало. Ничего не поделать, качественные вещи стоят дорого.

— Будете брать? — поторопила продавец.

Даша еще раз взглянула на сумочку. Сергею она бы очень подошла, особенно, когда он в своей черной куртке. Ей очень хотелось порадовать мужа, тем более в последнее время он зашивается на работе, а это слишком сильно сказывается на настроении. Да и просто потому, что любит его.

В ее кошельке помимо подарочных лежали деньги, приготовленные на продукты. Если добавить, то хватит. Ладно, сегодня обойдемся старыми запасами.

— Хорошо, выписывайте...

В вагоне метро Даша не удержалась и еще раз достала сумочку из фирменной упаковки. Пощелкала замочком, рассмотрела герб. Сказочный Козерог на фоне крепости. Да, она не напрасно потратила все деньги, это отличный презент. Интересно, а что Сергей подарит ей? Конечно, Валентинов день не Новый год, и не Восьмое марта, праздник среди нашего нарбда пока не слишком популярный и пока не очень привычный, но дело ведь не в празднике, дело в отношении к любимому человеку. Праздник всего лишь повод.

Они поженились чуть больше года назад, сразу после Рождества. Для Сергея это был второй брак, для Даши первый. Она преподавала на курсах английского, где они и познакомились. Сергей посещал их не для того, чтобы читать в подлиннике Шекспира, а по суровой производственной необходимости. Он трудился в крупном салоне специалистом по продаже сотовых телефонов, и для следующего шага по служебной лестнице начальство требовало знание языка. Так, на всякий случай. Помимо основного курса Сергей брал дополнительные уроки, которые в рекордно короткие сроки переместились в иную параллельную плоскость. Причем инициатором была Даша, а Сергей, на тот момент уже разведенный, с удовольствием подхватил инициативу. Английский стал изучаться во внеклассной обстановке.

Сейчас они вполне счастливо жили в ее однокомнатной квартире в новостройках, и грозовых туч на семейном горизонте пока не замечалось. Без мелких облачков, разумеется, не обходилось, но в какой нормальной семье не случается неурядиц. К тому ж быт, словно вор, делал подкоп в романтическом фундаменте, и ореол первых встреч постепенно улетучивался, но Даше очень хотелось, чтобы это происходило как можно медленнее. И надеялась, что Сергей желает того же самого.

Перед Новым годом он занял у приятеля пару тысяч долларов и купил подержанную «девятку». Вкалывал по две смены, чтобы к завтрашнему дню рассчитаться с долгом. Зато теперь у них есть свое авто. Салон, где работал Сергей, находился в их районе, в паре остановок на метро, но теперь он предпочитал ездить туда исключительно на машине.

Поезд прибыл на конечную станцию, Даша убрала сумочку в пакет и вышла из вагона.

* * *

— Тихо... Глянь, вон ползет...

Жгут присел, осторожно высунулся из-за трансформаторной будки и посмотрел на протоптанную в снегу дорожку, ведущую с автостоянки к домам. По ней торопливо шагал мужчина в длинной кожаной пропитке. Минуты две назад на стоянку заехал серьезный джип, и, судя по всему, именно его хозяин сейчас возвращался оттуда.

— Точно, он в джипаре сидел, я засек. Ну че, бомбим?

— А вдруг бабок нет? — прошептал Леший.

— В таких тачках без бобов не ездят.— Жгут вытащил из-за пазухи короткий ломик и еще раз взглянул на тропинку.— Все, замри.

Леший на всякий случай огляделся по сторонам. Клево, никакой публики, можно работать спокойно. Да и кто будет гулять по такому морозу в час ночи. Только отморозки. Даже собачники дома сидят. А менты в этот район и в солнечную погоду не заглядывают.

Возле будки тропинка делала изгиб, и можно не опасаться, что их заметит сторож со стоянки. Самое приятное — свернуть с дорожки невозможно, если, конечно, не лезть через сугробы.

Мужчина приближался, прикрывая ладонью рот от ледяного ветра. Едва он миновал засаду, Жгут резко выпрямился и со всей силы врезал ломиком по его затылку. Меховая шапка чуть ослабила удар, мужчина успел повернуться, но Леший тут же обрушил на голову четырехкилограммовую гантель. Хозяин джипа рухнул в сугроб без единого звука.

— Ништяк, — прошептал самому себе Жгут, перевернул упавшего на спину и замерзшими пальцами стал расстегивать пуговицы пропитки. Пальцы не слушались, и последнюю пуговицу он вырвал с мясом. Леший принялся за карманы. Через секунду бумажник мужика был у него в руках.

— Валим!

— Может, куртень возьмем?

— Договорились же, шмотки не брать. Спалимся.

— Давай хоть котлы снимем.

— Ладно, только быстро.

Жгут кое-как расстегнул браслет и снял часы.

— Слышь, по-моему, он того. Готов.

— Начхать. Не фиг по ночам болтаться. Валим!

В подъезде ближайшего дома они отдышались и распотрошили бумажник. Права, техпаспорт, визитки, пластиковая карточка... Сто рублей двумя купюрами. Червонец мелочью.

— И все?!

— Сука! — ругнулся Леший, повертев в руке карточку.— Он баблы на кредитке держит. Без кода хрен снимешь.

— Вот сволочь,— поддержал Жгут,— мало мы ему. Будильник тоже дерьмовый, рублей за триста уйдет, не больше.

— Дай сюда.

Взяв часы, он поднес их к глазам, рассмотрел, затем вернул Жгуту.

— «Тиссот»... Не слыхал. Турецкие, наверно, или китайские. Отстой голимый.

Оба закурили.

— Короче, хватит попусту рисковать. Бомбить, так наверняка. Втемную на тачку не заработаем.— Леший опустился на корточки, опершись спиной о стену.

Именно он предложил Жгуту потрошить мужиков, идущих по ночам со стоянки. Рекламу способа углядел по телеку, в какой-то криминальной передачке. Чего б не воспользоваться дельным советом? Удобное опускалово. И свидетелей никого, и деньги на кармане наверняка есть, и минимум физических затрат. Один удар по черепу, возможно два. Дебют оказался провальным. Не в смысле ударов, а в смысле суммы. Хоть бы сто баксов, а то сто рублей. Смех один, лучше и не вспоминать.

— А как тут наверняка?

— Подумаем. Ну че, по пиву? В «скворечнике» посидим. Он сейчас до утра...

* * *

Сумочку Даша преподнесла утром, после завтрака.

— С праздником, малыш.

— С каким? — смутился Сергей.

— Ну как же, — в свою очередь смутилась Даша, — День святого Валентина... Ты разве забыл?

Сергей действительно забыл. В последние дни все мысли были заняты проблемой возврата долга, и лишь вчера ему удалось собрать нужную сумму, да и то, перезаняв у начальника. И потом, праздник какой-то несерьезный. Кто его выдумал? Что еще за святой Валентин? Про Варфоломееву ночь слышал, а это? Но обижать Дашу не хотелось. Тем более, она несколько раз напоминала о празднике и предлагала куда-нибудь выбраться, отметить.

— Ах да, конечно... Спасибо, лисенок. ЕЕЕ

Сергей раскрыл черную коробку, перевязанную шелковой ленточкой, и достал барсетку.

— Ух ты! Здорово.

— Я очень долго выбирала... Смотри, какая удобная. Можно носить на ремешке, можно на ручке. И Козерог на замочке. Твой знак. Открой, там специальный кармашек для телефона.

Сергей аккуратно нажал кнопочку замочка, заглянул внутрь.

— Блеск! А то я вечно мучаюсь с карманами. Но это ж дорого. Ты ж знаешь, у нас режим экономии.

— Режим ни при чем. Я просто люблю тебя.

— Спасибо...

Он не изображал тактичность, сумочка ему понравилась. Он давно присматривал такую, но когда появлялись деньги, тратил их на более актуальные вещи. Интересно, как Даша догадалась, ведь он никогда не говорил ей о своем желании. «Черт, я ж сам ничего не купил ей! Совсем запарился на работе! А она наверняка ждет».

Жена, улыбаясь, смотрела на Сергея. «Теперь твое слово, милый».

— Дашенька, я... Я вечером... Закрутился, извини...

Он не стал вилять, мол, все помнит, подарок купил, но случайно оставил его на работе. Зачем лукавить, если на самом деле закрутился и обо всем забыл. Но это вовсе не означает, что он не любит Дашу.

Он поцеловал ее в щеку и ласково обнял.

— Вечером тебя ждет сюрприз. Придется немного потерпеть.

Сюрприз сюрпризом, а жена расстроилась, хотя по-прежнему улыбается.

Еще бы не расстроиться. Дорог подарок в Валентинов день. А все что после — не считается. Но лучше поздно. Кстати, придется снова одалживать. И довольно приличную сумму.

— Ты сегодня опять в две смены? — чуть холодно уточнила Даша.

— Попробую договориться и прийти пораньше. Посидим в кафе.

Это вряд ли получится. Никто не подменит, если не попросишь заранее, а тем более в праздник. Но он все-таки постарается. И хотя Даша понимает все его нынешние проблемы, огорчать ее не хотелось. Она так много делает для него.

— Мне пора, малыш...

— Да конечно... Одевайся теплее, в городе грипп.

— Я закаленный. И потом, как успокаивает наш участковый — грипп не инфаркт, умирают от него гораздо меньше, — улыбнулся Сергей.

Он открыл секретер, достал из него приготовленные доллары, перетянутые резиночкой, и переложил их в свою новую барсетку. Туда же отправил бумажник с документами и наличкой, ключи от машины и ворох визиток из пиджака. В кармашек вставил мобильник.

— До вечера, лисенок. Я вернусь с сюрпризом...

Прежде чем идти на стоянку за машиной, Сергей завернул в небольшой кирпично-стеклянный павильон, называемый местным пролетариатом «скворечником», чтобы купить сигареты.

Возле трансформаторной будки, несмотря на мороз, собралась довольно приличная толпа. Чуть в стороне урчала моторами пара милицейских машин. «Митингуют, что ли? — подумал Сергей. — Вот делать нечего». Подойдя поближе, он заметил лежащего на снегу мужчину, над которым склонился человек в гражданском и пара милицейских чинов. Еще один фотографировал сугроб со следами ботинок. Метрах в пяти, сидя прямо в сугробе, рыдала молодая женщина, вероятно, жена.

— Что случилось?

— Человека убили. Голову проломили и карманы вывернули. Молодой совсем.

Наркоманы проклятые, чтоб им не проснуться.

— Зря расстрел отменили. Всех к стенке...

— Категорически не согласен. Насилие порождает насилие.

— Вот получишь по голове, сразу согласишься.

Сергей постоял минут пять среди зевак, понаблюдав за мрачноватыми приметами времени, горько вздохнул и направился на стоянку.

— Да, не повезло... Тут кому как.

* * *

Леший растолкал спящего за столиком Жгута.

— Вставай, заспанец, пора в бой.

— Ой! — вздрогнул тот, проснувшись. — Че стряслось?

— Ой — за горой. Тут не берлога. На нарах поспишь.

Жгут уродливо зевнул, оглядел пустой зал и остановил взгляд на пустой пивной кружке.

— Пивка бы еще.

— Обойдемся. Пошли отсюда, базар есть.

— А скока натикало?

— Десять лет с конфискацией.

— Я про время.

— И я про время.

Они вышли, Жгут, не стесняясь почтенной публики, принялся справлять малую нужду прямо на кирпичную стену «скворечника», приютившего приятелей на ночь.

— Смотри, чтобы не примерзло,— усмехнулся Леший,— короче, пока ты дрых, я тему надыбал конкретную.

— А ты че, уходил?

— Работа прежде всего. Прикинь, сюда дохляк один завалился, сигареты покупал. Минут двадцать назад. Кошель из барсетки достал, а в барсетке зелени с мой палец. Насосался бабок, спекуль.

— Иди ты! — Жгут резко застегнул ширинку, не закончив процесс.

— Я с Юлькой трепался, как раз у стойки. Своими глазами видел. Этот лох открытую барсетку на стойку поставил. Как специально. Глядите пиплы, какой я, типа, крутой. Там еще документы были, ключи, мобила. Сечешь? Если что, можно и хату навестить. Адресок-то наверняка найдем. Или в паспорте, или в правах. Я по-тихому за ним прошвырнулся, поглядел, куда поползет. Он прямиком на стоянку рванул, синюю «девятину» взял.

— Толку-то. Может, он днем вернется. ЕЕЕ

— Не писай в снег, все под контролем. Я в будку к сторожу жало сунул, так и так, когда чудик на «девятке» обычно приезжает? Мол, вчера, чуть не сбил своим ведром, хочу побазарить.

— И когда? — не вытерпел Жгут.

— Инвалиды обслуживаются вне очереди! — заготовал Леший.— Нормально! Раньше одиннадцати не приезжает.

— Ништяк! — радостно потер руки Жгут, но тут же с опаской уставился на напарника.— А вдруг там менты пастись будут? После вчерашнего?

— Менты нынче только в хлебных местах пасутся, это раз. Менты будут рассуждать точно как ты, это два. А значит, работать можно без нервотрепки. Ну что, готов обслужить инвалида вне очереди?

— А как иначе? — почесал Жгут небритый подбородок, украшенный корявым шрамом от фурункула. — Сам Бог велел.

* * *

Договориться насчет подмены Сергей не сумел. У всех сразу образовались неотложные дела, как это обычно и бывает в подобных случаях. Самое обидное, после работы невозможно купить подарок, все уже закроется. Придется пожертвовать обеденным перерывом. Что дарить, он пока не решил. Хорошо пообещать сюрприз, а кроме банальных духов на ум ничего не приходит.

По установленному в салоне телевизору крутили рекламу жевательной резинки. «Лучший подарок любимому человеку в день святого Валентина...»

Действительно, лучший. Они б еще аспирин друг другу дарили. Или бумагу туалетную. «Держи, любимая. Ощути нежность и заботу...»

Даша очень любит цветы, особенно если составить композицию в корзине. На соседней улице есть цветочные ларьки, можно что-нибудь выбрать. На крайней случай куплю кулон в ювелирном. Не очень оригинально, но, увы, время ограничено. Вечером еще надо заскочить к приятелю, вернуть деньги. А это другой конец города. Но раз обещал сегодня, ничего не поделать. Тот и так здорово выручил. Да, к полуночи бы домой вернуться.

Он позвонил Даше, предупредил, что вернется поздно, и посидеть в кафе, наверное, не получится. В ее голосе по-прежнему сквозила легкая обида. Для нее это все довольно серьезно. Увы, семейный парусник, похоже, дал легкий крен на бок. Хорошо бы, хоть не на левый.

Заняв в обед тысячу у шефа, Сергей выскочил из салона, прыгнул в машину и через пять минут был возле цветочных ларьков.

— Что желаете? На свадьбу, именины, похороны?

— Мне букет в корзине. Ассорти. Жене.

— Пожалуйста, вот орхидеи, вот розочки, это хризантемы. Все свежее, прямо с клумбы.

— Интересно, где вы клумбу нашли?

— Под снегом.

— Тогда на ваш вкус. Лишь бы до вечера не завяли.

— Не завянут.

Женщина умело составила симпатичный букет, перевязала корзину ленточкой с бантом.

— Устроит? Или добавить зелени?

— Устроит. Сколько с меня?

— Тысяча двести.

Сергей по привычке полез в карман, но вдруг вспомнил, что кошелек переложил в сумочку, а та осталась в машине, на переднем кресле. Спешка и суета...

— Минутку, я сейчас.

«Девятка» стояла буквально в двух метрах от ларька, Сергей даже не закрывал ее. Он открыл дверь, нырнул в салон...

Сумочки не было.

Сначала он решил, что переложил ее на заднее сидение. Пусто. Бегло осмотрел пол, заглянул под кресла. Черт!.. Барсетки не было! Стоп, может, забыл в офисе? Нет, в ней лежали ключи от машины, а стало быть...

Не может быть... Неужели?.. Ведь он краем глаза наблюдал за автомобилем. К нему никто не подходил. Или?.. Открыть дверь, схватить сумочку секундное дело...

Сергей выпрямился, в отчаянии огляделся по сторонам. Не зная, что предпринять, разворошил переполненную урну... Рядом остановка троллейбуса, еще пара ларьков. Место оживленное. Он метнулся к остановке.

— Простите, вы не заметили, в машину никто не залезал?

Не заметили... Ну как же он так? Ведь достаточно было лишь нажать кнопочку на брелоке. Вот попадалово... Создал геморрой на ровном месте. Он бы еще ключ зажигания в замке оставил и доверенность на капот положил. Катайтесь, люди добрые, кто хотите.

Сделал сюрприз... Это уж точно сюрприз. И винить, кроме себя, некого. Разява. Да, он еще не привык к сумочке, поэтому и забыл ее. Только от этого не легче.

Сергей на ватных ногах вернулся в ларек.

— Извините... У меня деньги украли...

Если бы только деньги. Паспорт, права, трубку... Замучаешься восстанавливать. Хорошо, ключи от квартиры переложил в брюки. А долг? Это еще месяца три-четыре беспросветной пахоты. И человека подведет...

А Даше как сказать? Извини, дорогая, но твой подарок пропал без вести. Ускакал на кривых ножках.

Нокаут...

Сергей сел за руль, закурил и тупо уставился в начавшее покрываться веселыми узорами лобовое стекло...

* * *

В соседней подворотне бомж Крысятников, довольно сопя, потрошил сумочку. Повезло, так повезло! Вот это улов! Баксы, рублики, документы. Можно позвонить и стрясти выкуп. Барсетка — новье, кожа. На рынке уйдет влет. Но сначала удачу обмыть надо. Чтоб не убежала...

* * *

Жгут подул на замерзшие пальцы.

— Ну где этот козел? Я задубею здесь... Может, он вообще не приедет?

— Не ной. Надо верить в лучшее, — обнадежил дрожащий от холода Леший, — подождем. Такого фарта больше не будет.

— Я убью этого урода. Всю башку разнесу, как арбуз! Мерзни тут из-за него!

— Не ори! Скоро согреемся.

К одиннадцати машина на стоянку не вернулась. Леший прошелся вдоль проволочного ограждения, но синей «девятки» не разглядел. Стоянка освещалась мощными прожекторами, и не заметить нужное авто было невозможно. Леший вернулся в засаду и, несмотря на лютый мороз, предложил Жгуту ждать. Пару часов ради хорошего лавэ можно и потерпеть. Для обогрева взяли пиво.

Однако ни к часу ночи, ни к двум машина так и не появилась. Поняв, что торчать больше не имеет смысла, приятели решили перенести мероприятие на другой день, чтобы не закоченеть окончательно. Здоровье дороже.

* * *

— Ладно, чего теперь жалеть? Что случилось, то случилось, назад не вернешь,— Сергей обнял Дашу за плечи,— в конце концов, это не смертельно.

— Да конечно. — Даша вытерла слезу и отошла к окну.

Конечно, она заплакала не из-за денег. «Год назад ты бы ни за что вот так не оставил мой подарок... Я ведь так старалась... Все начинается с мелочей... Что б ты, Сережа, ни говорил, а романтика кончилась... Обидно, что так быстро. Спасибо за сюрприз, милый...»

Сергей вернулся домой на метро. Машину бросил возле салона, не рискнул ехать без документов. К чему лишние проблемы? Раз уж черная полоса пошла. Утром заявит в милицию, если раньше кто-нибудь не вернет права и техпаспорт. Хотя рассчитывать на это не стоит. Приятелю позвонил, объяснил ситуацию. Тот обещал потерпеть еще месяц. Придется у кого-нибудь перезанять. И халтурить извозом по ночам.

А с Дашиным подарком — засада... Попробуй теперь докажи, что ничего за этот год не изменилось, что он относится к ней точно так же, как и раньше. Просто иногда в отношения вмешиваются обстоятельства.

— Говорят, что не стоит сожалеть о потерях. Где-то потеряешь, где-то найдешь... И сегодня не последний Валентинов день... Прости меня, лисенок.

Он снова обнял Дашу.

За черным окном резвился ледяной февральский ветер, отчаянно пытаясь проникнуть в комнату и достать молодых людей. Но сегодня у него ничего не получалось.

* * *

— Ну что, как дела? — Начальник районного отделения по раскрытию убийств обратился к молодому оперативнику, зайдя к нему в кабинет.

— Есть контакт, — тот потер покрасневшие после бессонной ночи глаза, — я через день после мокрухи в тот двор заскочил, хотел еще по квартирам походить, с народом потолковать. Возле будки снова следы. Точно такие же, как тогда. Три бутылки из-под пива тут же. Я их на всякий случай изъял с понятыми... Шурику, эксперту, отнес. На одной целых восемь пальцев. По компьютеру прокинули. Выскочил Жгутов, из пятнадцатого дома. Судимый за разбой. Месяц назад освободился. Мы с мужиками под утро его сняли из хаты. На кармане часы убитого и кредитка. Рыпался поначалу, но пара щелчков по носу и — полный расклад. Даже второго сдал... Фролов какой-то, погоняло — Леший.

— Не слышал такого. Задержали?

— Он болтается где-то, Леха с Димкой у него дома сидят. В засаде. Сегодня оприходуем, никуда не денется.

— И за что они мужика?

— Сто рублей и часы.

— Ковбои...

— Повезло, что сразу нашли. Натворили б дел, братаны по крови...

— Молодцы, — шеф устало сел на диван, — слушай, тут очередной подарок. Понимаю, ты после ночи, но сам видишь, народу никого... Поехали, посмотрим что там. Черт, одно раскрываем, новое выползает. Когда эти подарки кончатся?

— Труп на улице или в адресе?

— В подвале. Бомж, скорей всего. Голова пробита. В кармане паспорт на имя Крысятникова. Славная фамилия. Участковый уже там, отзвонился. Говорит, похоже, пил он с кем-то, потом что-то не поделили. Обычная история. Давай, одевайся, я в машине жду.

УГОЛ ОТРАЖЕНИЯ

1965 год. Ленинград

— А ну-ка, гражданочка, потеснимся! Еще чутка...

— Да вы ж меня расплющите, как селедку!

— Всем ехать надо...

Ленька плечом подтолкнул полнотелую даму, которой никак не грозило превратиться в селедку, вскарабкался на ступеньку троллейбуса, выдохнул и вытянулся в струнку. Дверь-гармошка зашипела и кое-как захлопнулась за спиной. Все, порядок. Водитель, трогай...

Троллейбус дернулся, пассажирская масса пошла назад. Ленька мгновенно переместился на более удобную позицию и правой рукой, якобы нечаянно, слегка дернул ремешок сумочки, висевшей на плече толстозадой дамы. Все было отработано почти до автоматизма. Женщина ничего не почувствовала, сумочка же переместилась за ее спину. Даму больше волновала авоська с торчащим из нее длинным батоном, она вцепилась в нее, словно паук в муху, боясь, что батон потеряется в толпе. Ленька скосил глаза в сторону, убедился, что никто не обращает на него никакого внимания. Можно работать. У него есть четыре-пять минут. Примерно столько полз рогатый троллейбус от метро до ближайшей остановки. Два перекрестка, два светофора. Вполне хватит.

Он выдохнул для снятия нервного напряжения, поиграл пальцами правой руки... Самое трудное — не мандражировать, не суетиться. Каждый раз Ленька настраивал себя на это, но подавить инстинкт самосохранения не так просто. Даже мастера экстра-класса никогда не остаются полностью хладнокровными.

Один раз его чуть не поймали. Тетка неожиданно полезла в сумку, а там чужая рука. Повезло, что в этот момент открылись двери и удалось выскочить из троллейбуса. После этого Ленька месяц не показывался на маршруте. Вообще, он был вольным стрелком, работать предпочитал один, частенько залезая на чужие объекты и рискуя нарваться на неприятности не только со стороны милиции. Город был строго поделен между шайками карманников. Сегодня Ленька незаконно забрался на цыганскую территорию.

Сумка имела крепкий замок, висящий на хлястике. Это усложняет дело, придется пользоваться инструментом. Бритва выскользнула из рукава куртки и уперлась в подставленный указательный палец. Секунду спустя она заняла боевую позицию. Бритвы Ленька делал сам из специальной стали. Они резали толстую кожу легко, словно студень, и имели удобный захват для пальцев.

Спокойней, спокойней... Еще один контрольный взгляд. Народу не до него, народ устал после тяжелого трудового дня. За стеклом мелькнула зеленая вывеска гастронома. Через сто метров первый перекресток. Хорошо б рогатый резко тормознул на светофоре...

Все-таки неудобно работать без напарника, отвлекающего клиента. Все время приходится рассчитывать на удачное стечение обстоятельств. Фу, жарко, как в котельной...

Троллейбус притормозил, правда, недостаточно резко. Тем не менее толстая дама по инерции пошла вперед, упираясь в стоящего впереди пассажира. Ленька локтем левой руки придержал ремешок сумочки, правой же едва уловимым движением распорол бок, внизу у основания. Тут же скинул бритву и для страховки подставил под разрез ладонь. Убедившись, что ничего не выпало, убрал руку и откинулся на дверь. Первый раунд прошел нормально...

Что за окном? Лозунг «Слава строителям коммунизма!». Полпути позади...

— На следующей выходите? — Голос с задней площадки отвлек Леньку.

— Выпущу, — кивнул он.

Дальше ехать он, конечно, не собирался. Даже если ничего не выудит из сумочки. Но лучше сделать вид, что поедет. Фу-у-у... Слишком жарко. Тихо, тихо, не трясись, как девочка перед первой койкой... Ты-то не в первый раз. Ты мастер, ты ни разу не попадался, ловкости твоих пальцев позавидует любой шулер. Еще немного...

172

Водитель объявил остановку, пассажир, обращавшийся к нему, тараном пошел вперед через толпу.

— Полегче нельзя?

— В другой раз.

— Хамло... Понаехали из деревни.

Пора. Толстуха отвлечена конфликтом. Ленька подал чуть правее, заслоняя обзор со стороны салона. Взглядов слева можно не опасаться, он работал на задней площадке. Два пальца скользнули в распоротую щель, нащупали кошелек. Черт, тот был прямоугольной формы и в дырку не пролезал. Придется развернуть его узкой стороной. Ленька работал только руками, предпочитал не связываться со всякими приспособлениями, типа крючков или пинцетов.

Есть!

Троллейбус с ходу проскочил перекресток и резко затормозил на остановке, спрессовывая народ в своей железной утробе. Пытаясь удержаться, женщина схватилась за поручень, подняв сумку. Кошелек остался в руке Леньки. Причем вызывающе открыто, словно голая задница на торжественной демонстрации.

— Эй, друг... А ну-ка стой!

Это был окрик мужика, выходящего на остановке.

— Мать, у тебя кошелек сперли, а ты спишь! Держи его!

Черт! Засек, гад! Валить!

Двери распахнулись, Ленька соскочил на тротуар. Но удрать не удалось. Толпа, ожидавшая троллейбус, оставила слишком узкий коридор для выходящих. Сделав два шага, он почувствовал, как сильная рука схватила его за воротник.

— Попался, ворюга!

Удар по затылку ребром кулака, жесткая подсечка. Женский вопли. «А-а-а!!! Всю зарплату украл, сволочь!» Мужской уверенный бас. «Не убежит».

Падая, Ленька успел откинуть в сторону кошелек. В следующую секунду мужик прижал его голову к грязному асфальту, разодрав Ленькину щеку, словно наждаком.

— Пусти! Больно! Чего я сделал?!

— Я те покажу чего... Милицию, милицию вызывайте! Вон будка, тут участок рядом... Где кошелек, сучонок?

— Какой еще кошелек?! Спятил, что ли?!.

* * *

«Акт изъятия. Мной, дежурным 44-го отделения милиции, майором милиции Федорчуком Н. П. составлен настоящий в том, что в помещении дежурной части отделения у гражданина Степанова Леонида Сергеевича, 1945 года рождения, проживающего Георгиевская, 36-2, не работающего, (данные со слов), в присутствии понятых таких-то изъяты следующие вещи:

1. Два ключа белого металла на кольце.

2. Расческа синяя.

3. Деньги в сумме один рубль двадцать три копейки.

4. Пачка сигарет без фильтра „Аврора“, нераспечатанная.

5. Платок носовой, белый с синей каймой.

6. Проездной билет на ноябрь 1965 года на троллейбус.

Число, подписи».

Оперуполномоченный Федор Жегалов внимательно прочитал акт, затем рапорт постового милиционера Куликова о доставлении в отделение гражданина Степанова, задержанного сознательными гражданами за кражу кошелька у женщины.

— Потерпевшая где? — спросил он у сидящего за пультом Федорчука.

— В паспортном ждет.

— А свидетель?

Дежурный виновато сконфузился.

— Федь, этот мудак Куликов даже данные не записал. Велел самому в отделение прийти. А тому это надо?.. Скажите спасибо, что задержал.

— Идиотизм... Карманы трещат через день, а тут, можно сказать, с поличным взяли. Неужели, трудно адрес спросить или фамилию?

— Да он спросил. Только фамилия простая. Петров. Попробуй теперь найди.

— Много в кошельке было?

— Сто двадцать с мелочью. Получка на заводе сегодня. Тетка ревет. Этот ухарь кошель скинуть успел, а кто-то в толпе помыл. Либо напарник у него был.

— Это скорее. Ладно, возьми с женщины заяву, но не штампуй пока, а я со Степановым потолкую. Выводи его...

* * *

В кабинете пахло табачным дымом, сыростью и почему-то керосином. Жегалов указал Леньке на стул, сам сел напротив за стол, обитый по периметру коричневым дерматином. Ленька быстро огляделся. Не из любопытства, а чтобы унять мандраж. В уголовку он попал впервые, до этого бывал лишь в детской комнате милиции. Состоял там на учете, как трудный... Да, в кино-то у них побогаче апартаменты. А тут довоенный стол, едва живой стул, облупившийся сейф в углу... Почетная грамота. «Оперуполномоченному Жегалову за отличные показатели». Плакат с портретом Ленина и лозунгом про народную милицию, графин с засохшей на дне плесенью. Стеклянная чернильница. Деревянная скамья у стены, усеянная следами от сигарет и изрезанная ножами. Вылинявшие занавески. Самому Жегалову было лет двадцать пять, что тоже удивило Леньку. Он считал, что в уголовке служат возрастные, опытные мужики. А тут комсомольский значок на пиджаке.

— Судимый? — жестко спросил Жегалов, оторвав Леньку от наблюдений.

— Нет.

— Значит, с почином. Документы где?

— Дома.

— Кто там сейчас?

177

— Мать, батя...

Опер задал еще несколько формальных вопросов, связанных с биографией Леньки.

— Сам чем занимаешься?

— В овощном. Грузчиком. День через два...

Действительно, Ленькина трудовая лежала в магазине, хотя ни разу на работе он не появлялся. Директор — мать школьного приятеля — фиктивно устроила его к себе. Зарплату клала себе в карман, Ленька только расписывался. Совсем без работы нельзя — могут влепить статью за тунеядство.

— В армии служил? — продолжал Жегалов.

— Справка у меня... Сердце больное.

— Интересно... А когда по карманам щиплешь, оно у тебя не болит? Кто сумки резать научил, грузчик хренов?

— Какие сумки?

Мощная оплеуха опрокинула Леньку со стула, падая, он больно ударился затылком о скамью.

— Чего вы?..

— Тебе мало мужик на остановке дал? — Жегалов вылез из-за стола, двумя руками приподнял Леньку за отвороты куртки и усадил на скамью.— Я тебе подкину слегонца. Значит так, слушай внимательно. Моя фамилия Жегалов. Когда будешь дохнуть на нарах, поинтересуйся обо мне у народа.

— За что мне дохнуть? — почти плачущим голосом спросил Ленька.

— Не перебивай, убогий... Говну слова не давали. Слушай дальше. Сидеть ты будешь. С этим смирись. Это я тебе гарантирую. Хочешь человеческого отношения — вот лист, ручка. С кем бомбил, сколько раз, где. Подробно. Иначе не позавидую.

«Ага, сейчас, как же, — подумал Ленька, — я вам не Лев Толстой романы писать. Кошелька при мне не нашли, хрен что докажете, а пугать все горазды. Ну отлупите, ну ребра сломаете, но не убьете же. А мордобой и потерпеть можно. Пошли вы...»

Он даже чуть успокоился. Раз лупят, значит, нет у них ни хрена.

— Ничего я не резал! Вышел из троллейбуса, а тут этот козел полоумный!

...Федор особо и не рассчитывал, что Степанов бросится каяться. Карманников можно брать только с поличным. И сажают их только за один эпизод — где поймали. Все остальное пустая болтовня. Он надеялся на другое — парень в силу возраста и неопытности мог дать слабину. С матерым щипачом Федор бы даже и не разговаривал. «Черт, Куликов — идиот... Был бы сейчас свидетель, все, можно не волноваться». Тем не менее оперативник решил продолжить:

— Тебя пять человек видели! Как ты кошель тащил.

— Ничего я не тащил, — огрызнулся Ленька, — мало ли что им померещилось?

— Ты, значит, со мной социалистическое соревнование решил устроить? Ладно, посоревнуемся. Ты свой ход сделал, теперь мой. — Жегалов за шкирку поднял Леньку и поволок к дверям. — Давай, фокусник, пока в камеру. Один час у тебя. Потом я тебя немножко огорчу. И на наставников своих трудовых не надейся. Неважно они тебя учили.

«Ой, как страшно, — усмехнулся про себя Ленька, — максимум, до утра продержите».

На счет наставника Федор намекнул не случайно. Для новичка парень держался довольно уверенно, ни слова лишнего не сказал. Да и сумки резать без учителя невозможно. Тут виртуозом надо быть. Покруче фокусника.

Жегалов не ошибался. «Карманному искусству» Леньку обучил сосед по лестничной площадке, отдавший Богу душу пару месяцев назад от туберкулеза. Сосед лет двадцать путешествовал по лагерям за подобный иллюзион и, не имея собственных детей, передал трудовую эстафету Леньке. Помимо практических занятий провел курс теории. Объяснил, что говорить на случай поимки, как держаться, как в камере сидеть. Ленька, чей моральный облик не слишком соответствовал облику молодого строителя коммунизма, науку перенял с охотой и целый год успешно потрошил сумочки и карманы горожан. Заработанную нелегким трудом копейку на ветер не бросал, не пропивал, а припрятывал в кубышку, зарытую в укромном месте.

«Лишь бы мильтоны пальцы не отбили, работать не смогу», — подумал он, когда за спиной захлопнулась щеколда камеры.

Вернулся Жегалов за ним не через час, как обещал, а около полуночи. Ленька почти успокоился. Насчет свидетелей он не боялся. Кошелек в руке видел только задержавший его мужик, но пришел ли он в отделение, еще большой вопрос. Скорей всего, нет. Иначе б менты не тянули и не грозились попусту. А стало быть, извините, товарищи милиционеры, но мне домой пора. Завтра на работу.

Когда он во второй раз сел на знакомый стул, Жегалов положил перед ним пачку «Авроры». Ленька купил ее в большом бакалейном магазине, минут за пять до «работы» и даже не успел распечатать.

— Твоя? — спросил Федор без какой-либо прелюдии.

— Ну моя...

— Где купил?

— В бакалейке. Возле метро. — Ленька пока не улавливал смысла вопросов и не понимал, к чему клонит опер.

— Кто-нибудь может это подтвердить? Продавец, например, или приятель какой?

— Приятеля не было, а насчет продавца не знаю. Может, и подтвердит.

Не все ли равно?

— Не все... Я тебя на всякий случай еще раз спрашиваю — будет нормальный разговор?

— Он и так нормальный... Мне вообще-то завтра на работу.

— На какую? — усмехнулся Федор.— Если в магазин, то спешить особо некуда, без тебя там отлично справляются. А к директрисе теперь масса вопросов у БХСС. Не в свой ли дачный участок с домиком она твою зарплату вбухивает.

«Гады... Время зря не теряли... Аркадьевну навестили... Обкладывают».

— И со справкой о твоем здоровье тоже большие сомнения, — продолжал Жегалов, — но этим после займемся, так сказать, из спортивного интереса. До кучи. А сейчас к сумочке вернемся, которую ты подрезал.

— Ничего я не резал...

— Хозяин — барин. Значит, твои сигареты? — еще раз, как-то нехотя переспросил Жегалов.

— Мои.

Федор перевернул пачку обратной стороной и поднес к Ленькиным глазам.

— Чей адрес?

На пачке, фиолетовым цветом, скорей всего химическим карандашом, было нацарапано «Бассейная 8-17». Почерк корявый, видно, писали на весу.

— Без понятия,— искренне ответил Ленька. Он действительно впервые увидел эту надпись.

— Тогда я тебе расскажу. Сегодня Демидова, потерпевшая, купила мужу пять пачек сигарет «Аврора». Положила их в авоську. По дороге на остановку встретила старинную подругу. Та переехала на новую квартиру, предложила записать адрес. Бумаги под рукой не оказалось, и Демидова записала его на пачке сигарет. Химическим карандашом... Пачку сунула не обратно в авоську, а в сумочку. Вместе с карандашом. Чисто автоматически... А ты эту пачку и выудил... Усекаешь?

Ленька усек, не дурак... Сердце поменяло ритм. Но он решил не сдаваться. Пугают мильтоны.

— Да это мои сигареты. Какая еще подруга?

184

— Никто не может подтвердить твои слова, сам же сказал. А вот объяснение подруги,— Жегалов извлек из папки листок,— она заявляет, что действительно встретила сегодня Демидову и та записала свой адрес. На пачке сигарет «Аврора». Подруга два месяца назад переехала в новую квартиру на Бассейной.

«Сволочи...»

— Вот объяснение мужа Демидовой,— опер показал второй листок,— вчера он попросил купить ее курево, потому что работал в ночь и сам не успевал. Муж курит сигареты без фильтра, в основном «Аврору».

— Ну и что? — без прежнего вызова парировал Ленька.— Я тоже курю «Аврору». У бабы своя пачка, у меня своя.

— Увы, Лень... Демидова заявила, что пачка пропала у нее вместе с кошельком. И именно ее пачка изъята у тебя. С понятыми изъята. То есть при свидетелях, если вдруг не знаешь, кто такие понятые. Да и сам ты расписался.

Очередной лист лег на стол. Уже знакомый Леньке акт изъятия. «...Пачка сигарет без фильтра „Аврора“, нераспечатанная, с надписью „Бассейная 8-17...“»

Когда Ленька расписывался в акте, никакого адреса на пачке не было, он помнил это железно... Адрес приписали позже, благо место позволяло.

Жегалов догадался, о чем размышляет карманник.

— Я думаю, Лень, понятые подтвердят... Не повезло тебе сегодня. Говорю ж, плохой у тебя наставник.

— Вы сами приписали, я ничего...— Ленька не знал, как реагировать на подобный оборот.— Это... Это нечестно...

Мотор начинал закипать, во рту мгновенно пересохло. Ленька не очень боялся сесть, рано или поздно это бы случилось, и он готовил себя к этому. Но одно дело, когда тебя схватят за руку. Тут никуда не денешься... Но когда вот так, через мухлеж... Это неправильно, не по закону... Сволочи.

— Нечестно? — добродушно переспросил Жегалов.— Ты бы про честность помалкивал, а? Когда ты сумки потрошишь, про честность вспоминаешь? То-то. А совесть моя чиста, Леня. Я знаю, что ты украл этот кошелек, и ты знаешь. Мы оба знаем. Мы оба знаем, что это не единственный украденный кошелек. Меня задолбало каждый день видеть зареванных женщин. Какие угрызения? А с адресом на пачке теперь пускай суд разбирается. Сумеешь объяснить, как он там оказался, молодец, гуляй. Только вряд ли объяснишь... В суде не дураки заседают. Даже если что и заподозрят, все прекрасно понимают.

— Мы оба знаем, что адреса не было.

— Может, и не было, — не стал отпираться Федор, — но на твоей участи это никак не отразится. Сидеть ты будешь все равно. Не знаю, сколько на первый раз тебе дадут, но будешь. Это гарантирую. А иначе грош мне цена, иначе б я даром зарплату получал...

Ленька не знал, что ответить. Его обложили внагляк. Дать чернильницей по башке и бежать?.. А куда?

— Грамоту еще хотите?

Жегалов улыбнулся.

— За тебя грамоту не дадут, дурачок. И не зыркай глазами, как волк, косоглазие заработаешь. Ты думал, тут тебя мандаринами угостят? Или романсы про совесть петь будут? Не, любезный. Как ты, так и мы. Слышал про закон физики — угол падения равен углу отражения? Вот и прикидывай. Любишь шалить — люби и лес валить.

Он взял авторучку, не спеша заправил чернилами.

— Ну? Что писать будем? Стихи или прозу?

— Пошел ты,— прошептал Ленька.

Он посмотрел на окно. Словно ожидая, что оттуда протянется волшебная рука и вытащит его из вонючего кабинета.

Руки не было. Была решетка.

2003 год. Санкт-Петербург

Порыв ледяного ветра больно обжег щеку. Федор Иванович остановился и растер ее рукавицей. Ужасно холодная зима, такой не было со времен Хрущева. Сейчас под тридцатник, а ночью обещали до сорока. Пара мужиков, матерясь на всю улицу, безуспешно пытались завести замерзшую «девятку». Из открытого люка тоже доносился мат, видимо, дедушка мороз создал проблемы и работникам водоканала.

Натянув шапку поплотнее, Федор Иванович двинулся вперед. Зря он не дождался автобуса. Идти вроде бы недалеко, пару остановок, но на таком морозе это невеликое удовольствие. Особенно после недавнего гриппа. Как бы снова не прихватить. Вон, старуха зацепила, теперь лежит с температурой. Мало того, он опрометчиво забыл надеть шерстяные носки, а осенние ботинки сегодня не самая лучшая обувь. Идешь будто босиком. Уже через пять минут ступни задубели. Да и тонкое пальто не очень спасало от стужи. Тьфу ты, напасть...

Он повернулся спиной к ветру, чтобы переждать очередной порыв. После огляделся по сторонам в поисках теплого укрытия. Надо немного согреться и идти дальше. «Иначе точно заработаю рецидив». Ближайшая парадная закрыта на кодовый замок. Остальные, кажется, тоже. Улицу Федор Иванович знал прекрасно, жил на ней второй десяток в однокомнатной квартире. Получили, когда их коммуналка пошла под расселение. Сразу за жилым домом находился продуктовый магазин, но он оказался закрыт по техническим причинам. Лопнули трубы. Дальше снова жилые дома. С кодовыми замками на подъездах. Так и должно быть. Центр города, престижный район, борьба за чистоту подъездов...

Он уже не чувствовал ног. Черт, как быстро прихватило. К тому ж ветер поглаживает, словно наждак... Через дорогу салон причесок и магазин модной одежды. Но там и людей не видно, скорей всего тоже какая-нибудь авария из-за морозов. Федор Иванович закашлялся от большой порции холодного воздуха... Он прикрыл лицо рукавицей и потопал ногами по покрытому снежной коркой асфальту. На углу улицы какое-то заведение, то ли ресторан, то ли казино. Оно открылось недавно, в здании бывшего мебельного магазина, и он даже не знал точно, что там такое. Не с его пенсией посещать подобные места. Да и вообще незачем, даже если б деньги были. Нечего там делать. Но сейчас придется, чтоб не превратиться в кусок льда. Оттаять немного. Лишь бы оно работало.

Над входом в заведение, несмотря на дневное время, переливалась бегущими огнями вывеска. «МАГАДАН». Центр культурного досуга... Вертушка на входе, ветродуй с горячим воздухом, просторный холл с пальмами, легкая музыка, аквариумы, звон жетонов из глубины... Тепло.

— Что, отец, оттянуться зашел?

Толстокожий вышибала лет сорока, облаченный в черный пиджак с отливом, облокотившись на рамку металлоискателя, внимательно смотрел на Федора Ивановича.

— Я на минутку, погреться.

— Извини, батя, у нас не баня. Или туда давай, или сюда.

— Жалко, что ли?

— Мне лично не жалко, но есть команда начальства. Публику сомнительной внешности не пускать.

— А чего в моей внешности сомнительного? — Федор Иванович снял рукавицу и прижал ладонь к побелевшему уху.

— Вид непрезентабельный. Плохая реклама солидному заведению. Давай на улицу.

Вышибала оторвался от металлоискателя и, не спеша, направился к пенсионеру. Федору Ивановичу показалось, что он где-то видел парня. И причем не так давно. Подойдя, парень положил широкую ладонь ему на плечо и слегка подтолкнул к вертушке.

— До свидания.

— Спокойно, спокойно, — Федор Иванович сунул руку за пазуху и достал темно-коричневые «корочки».

Вышибала тут же убрал руку с плеча и подобрел лицом. Вероятно, он знал, что это за удостоверение.

— Бать, ты из наших, что ли? — растекся он в улыбке.

— Я не из чьих, — на всякий случай он раскрыл удостоверение.

«Полковник милиции в отставке...»

— Так бы и сказал сразу... Сказали... А я смотрю, лицо знакомое. Вы извините, но у нас правда с фейсконтролем строго, а место хорошее, терять не хочу. Если что, скажу вы ко мне... Проходите.

Он полез во внутренний карман пиджака и извлёк точно такие же «корочки».

— Капитан в отставке Лосев. ОМОН.

Все, Федор Иванович вспомнил парня. В позапрошлом году они провожали сводный отряд в Чечню, Лосев сидел в актовом зале, в первом ряду. А Федор Иванович произносил напутственное слово от ветеранов, стоя на трибуне.

— Вы ж нас, кажется, в Чечню провожали... Вы из розыска сами, да?

— Да. Что, отвоевался?

— Отвоевался. Вернулись мы тогда из командировки, я сразу рапорт на пенсион.

Выслуга позволяла. Там же год за полтора, мне как раз и хватило. Сначала к приятелю устроился, краской торговать, потом фирма его накрылась, остался не у дел. Да вы присядьте, вон туда...

Они прошли через рамку и опустились на черный кожаный диван рядом с аквариумом, в котором плавали огромные океанские рыбы.

— Хорошо, сюда пристроился. А где лучше найдешь? На нашу пенсию семью хрен прокормишь, сами знаете. Вы-то какими судьбами здесь?

— Живу тут рядом. Как раз за пенсией в сберкассу собрался, да не рассчитал с морозом.

— Да, зима качественная. Я «жигуль» свой так утром и не завел, пришлось на метро ехать.

— Что за богодельня тут у вас? — Федор Иванович заглянул в черный коридор, ведущий в глубину здания.

— Да как везде... Игротека, ну в смысле казино, ресторан, стриптиз. Раньше девушка с веслом, а теперь с шестом... Звезды иногда выступают приезжие... Дискотека... Пойдемте, покажу... Витек, постой минут пять, я сейчас!

Из темного гардероба появился второй крепыш в костюме и, не сказав ни слова, занял вахту у металлоискателя.

— Место, в принципе, центровое, народу всегда много. Это сегодня пусто, колотун на улице.

Федор Иванович поднялся с дивана. Что ж, посмотреть можно. Просто из интереса.

— Название какое-то странное. «Магадан», — сказал он, когда они направились по коридору.

— Тут дело в хозяине, — чуть смутившись, пояснил бывший омоновец, — он мужик не простой. По слухам, «законник»*. Лет пятнадцать нары грел. Королев фамилия, слышали, может? В газетах про него было.

— Слышал, но лично не знаком... Много их всяких...

— У него не только «Магадан». Сеть магазинов продуктовых, хлебопекарни, еще что-то... Церковь сейчас одну восстанавливает...

— Кривлянье...

— Не знаю, говорит — для души... Он здесь частенько бывает. Контролирует. Вообще-то со странностями мужик.

* «Законник» *(блатн.)* — вор в законе.

«Сейчас вся жизнь странная, — подумал Федор Иванович, — воры открывают магазины и строят церкви, милиция служит им вышибалами в притонах. Для кого-то, может, уже норма, но я никак не могу привыкнуть. Может, слишком устарел... Вон я, полковник, тридцать лет честно отмолотил, и никаких тебе магазинов. Пенсия потешная, да болячек обойма. И никому даром не нужен, кроме старухи своей...»

Миновав коридор, они оказались в уютном затемненном зальчике круглой формы, в центре которого возвышался невысокий цилиндрический пьедестал со стеклянным шаром, подсвеченным галогенными лампочками. Вдоль стен с развешанными натюрмортами чернели небольшие мягкие диваны. В противоположном конце зальчика зияла арка, ведущая в игротеку. Негромко лилась скрипичная музыка.

— Тут комната отдыха. Кто натанцуется или обдолбится, может ноги протянуть.

Проходя через зал, Федор Иванович бросил взгляд на стеклянный шар...

— Что это?

— Вроде талисман какой-то... Удачу якобы хозяину приносит. Но никто толком не знает, что с ним связано. Я ж говорю, со странностями мужик.

Под шаром, на багровой бархатной подушечке лежала пожелтевшая от времени, сплющенная, словно коллекционная бабочка, пачка сигарет «Аврора». Федор Иванович достал очки и нагнулся поближе. Прямо над революционном крейсером, изображенным на пачке, синела едва заметная корявая надпись. «Бассейная, 8-17»...

Обратный отсчет...

«...За тебя грамоту не дадут, дурачок. И не зыркай глазами, как волк, косоглазие заработаешь. Ты думал, тут тебя мандаринами угостят? Или романсы про совесть петь будут? Не, любезный. Любишь шалить — люби и лес валить».

Здравствуй, молодость...

Боже ж мой, это было вчера... Маленький кабинет, запах керосина, которым он заправлял лампу, когда случались перебои со светом, старая деревянная скамья у стены, вечная грязь на линолеуме, болтовня постовых милиционеров за окном...

Федор Иванович резко обернулся, чтобы заглянуть в это окно... Темнота. Только тень от пьедестала. После вновь посмотрел на шар, проверить, не померещилось ли? Не померещилось. Сигареты «Аврора» без фильтра. 1965 год. «Как же его звали?.. Кажется, как Брежнева, тогдашнего босса Союза Советских... Леонид... А фамилия? Такая простая, но не Королев...»

— Вашего законника как зовут? — не отрывая взгляда от сигарет, спросил полковник. — Не Леней?

— Точно, Леонид Сергеевич. Что, вспомнили его?

— Да, кажется... Сталкивались однажды. Давно очень. Только фамилия у него тогда другая была.

— Все правильно. Говорят, сменил. Сейчас это обычное дело. Старые грехи — помеха бизнесу. Уже не авторитетно.

— Старые грехи, — едва слышно повторил Федор Иванович, — если б от них можно избавиться только сменив фамилию.

«Чем же тогда все закончилось? Парня посадили, это точно... Он так и не признался... Что с ним стало после? Не знаю, не встречались... А как сигареты оказались здесь? Подобные вещдоки после суда обычно возвращают потерпевшим или уничтожают».

Полковник вплотную приблизил очки к шару. Ага, четыре дырочки на кармашке пачки. Все понятно, пустая пачка была вшита в дело, и вместе с делом ушла в архив. Откуда ее и достали.

— Что, интересно?

Мягкий голос не принадлежал омоновцу Лосеву. Федор Иванович выпрямился и обернулся. В метре от него, в облаке морозного воздуха стояли трое. Невысокий мужчина его лет и два молодых здоровяка по бокам. Все в верхней одежде, вероятно, только что пришли с улицы.

— Да... — чуть заторможено отозвался полковник.— Я сам такие курил.

— Леонид Сергеевич, здравствуйте. Это ко мне,— засуетился Лосев,— я хотел зал только показать. Коллега бывший... Полковник.

— В следующий раз предлагай гостям раздеться.

Мужчина подошел к шару и протянул руку Федору Ивановичу.

— Королев. Леонид Сергеевич. Говоря старым привычным языком, директор этого учреждения.

— Федор Иванович,— пенсионер опустил фамилию,— полковник милиции в отставке.

Он внимательно рассмотрел Королева... Да, встретил бы на улице, конечно же, не узнал. От кудрявой шевелюры остались лишь белые островки над ушами, глубокие морщины, словно шрамы, рассекали смугловатую кожу. Лишь глаза по-прежнему выражали какое-то ребяческое упрямство и хитрость. Но то, что это был Ленька-щипач, не вызывало никаких сомнений. Выглядел он весьма бодро и, судя по улыбке, был вполне доволен жизнью.

Королев не узнал постаревшего оперативника. По тем же самым причинам. Время — лучший гример. К сожалению. Либо сделал вид, что не узнал.

— Мне сказали, это какой-то талисман. Действительно?

Королев кивнул телохранителям.

— Ступайте в кабинет. И ты тоже,— второе указание последовало Лосеву.

Все тут же исчезли, оставив пенсионеров наедине.

— Действительно,— усмехнулся Королев. Он достал из кармана тяжелой шубы простенький алюминиевый портсигар с выбитым распятием на крышке. Подобные сувениры мастерят на зонах. Предложил Федору Ивановичу сигарету. Без фильтра. Тот не отказался.

— Я никому не рассказываю про это,— Леонид Сергеевич сплюнул на ковер прилипший к губам табак,— не правильно могут понять. Особенно молодежь.

— И все же. Я постараюсь.

Королев еще раз посмотрел на Федора Ивановича. Тот не прятал взгляда.

Сделав глубокую затяжку, хозяин «Магадана» согласно кивнул.

— Хорошо... Только обещайте, что все останется между нами. Не потому, что лично я чего-то опасаюсь, просто это может повредить бизнесу. Журналисты и так сделали из меня черт знает кого.

— Обещаю.

Полковник обратил внимание на пальцы собеседника со следами от сведенных татуировок.

— Присядем,— Королев пригласил Федора Ивановича к дивану,— хотя, как говорится, насиделись...

Он снял шубу и швырнул ее на соседний диван. Полковник остался в пальто.

— Упекли меня из-за этой «Авроры». В первый раз. В шестьдесят пятом. По беспределу упекли, как нынче говорят.

— Что значит, по беспределу?

— Оперок один пачку подкинул. Как в кино про Жеглова, помните? И фамилия у него похожая была. Жегалов. Не совсем, правда, подкинул. Сигареты мои, он адресок на них накарябал, а дамочка пострадавшая сказала, дескать, подруги адрес. А у меня их изъяли, когда в троллейбусе прихватили, якобы за кражу кошелька. Кошелька при мне не нашли, вот ментенок и придумал этот фортель с адресом, чтобы упечь... Да еще нос расквасил. Но это пустяки, можно сказать, по-божески. Любил ваш брат кулаки полировать. Да и сейчас наверняка любит.

— А вы, извините за неудобный вопрос, воровали тот кошелек?

— Да какая по большому счету разница, даже если и воровал? Кошелька нет и суда нет... В общем, срубили хлопцы «палку», радовались, наверно. Мне три года прилепили, с учетом отсутствия комсомольского билета и аморального поведения. Я, помню, здорово переживал тогда.

Обидно, что через подставу садился. Ладно бы по делу...

Леонид Сергеевич затушил о портсигар недокуренную сигарету и выбросил окурок в изящную урну с песком.

— Не знаю, как у этого Жегалова судьба сложилась, а мне та его авантюра во благо пошла. На зоне с хорошим человеком сошелся, царствие ему небесное, он меня под опеку взял. Школу я у него отличную прошел. И жизненную и тюремную. Да и после отсидки он меня не оставил, в команду взял. Неплохо я зажил. Как-то под настроение судью навестил. Попросил сигареты эти отдать, если сохранились. Сто рубликов заплатил, вынули из архива... Дома на видное место поставил... Даже не знаю, зачем. Нашло что-то... В семьдесят первом антиквара мы одного брали. Он в блокаду ценности за хлеб выменивал, стервец, на том и сколотил капитал. Вот мы его квартиру и оприходовали. На статуэтке одной спалились... Еще семь лет в трудовой стаж. Правда, последних. Больше не грешил...

«Вернее, не попадался», — подумал Федор Иванович.

— Освободился, а «Аврора» так и стоит в серванте... Выкидывать не стал, оставил, как память... Я уже тогда вес имел в блатных кругах, хотя себя блатным не считаю. Потом перестройка, дележка пайки... Пальба, кровушка. Я и заметил — как «Аврора» в кармане, все гладко проходит. Может, совпадение обычное, но факт есть факт. Я чехол для нее специальный заказал и на самые важные мероприятия таскал, словно амулет охранный.

— А сейчас не таскаете?

— Сейчас все устаканилось более-менее. Вот, под стекло «Аврору» и положил, чтоб удачу заведению приносила. Пока, тьфу-тьфу, не подводила... Глядишь, и дальше не подведет...

Леонид Сергеевич вытянул левую ногу и помассировал колено.

— Как же он мне тогда сказал? Угол падения равен углу отражения. Только не срослось. Думал, хуже мне сделает, а вышло наоборот. Жизнь удалась! Ни о чем не жалею. Недавно женился на молодухе, ребенка ждем. Пацаненка. Поэтому зла на Жегалова не держу. Стол бы, конечно, не накрыл, но рюмку с ним выпил бы... Не посади он меня тогда, как бы оно дальше сложилось? Не слышали, кстати, про него? Он возле Техноложки работал, в сорок четвертом отделении. Лет под семьдесят ему сейчас.

— Не слышал, — Федор Иванович закашлялся, то ли от крепкого дыма, то ли от не залеченного до конца гриппа.

— Ну если встретите, передавайте привет... Скажите, простил я его. Да и чего, нам, старикам, теперь друг на друга обижаться? Даже грешно как-то.

Королев поднялся, взял шубу и еще раз напомнил Федору Ивановичу про данное им обещание никому не рассказывать об услышанном. Тот молча кивнул в ответ. Королев подошел к шару, положил на него морщинистую ладонь и, прищурив хитрые глаза, повторил:

— Да, жизнь удалась!

* * *

...Пенсию задержали. Пока на неделю. Якобы по техническим причинам. Обидно. Жена заказала на обратном пути купить антигриппин, придется лечить ее старыми горчичниками...

Выйдя из теплого помещения сберкассы, Федор Иванович поплотнее запахнул пальто и двинулся к дому. Проходя мимо «Магадана», он заметил садящегося в большой черный лимузин Королева.

«Интересно, почему он рассказал мне эту историю? Может, все-таки узнал? Впрочем, что это меняет?..»

Проводив глазами машину, Федор Иванович постоял немного и, прикрывая лицо от холода, пошел дальше.

ФЕЙЕРВЕРК

— Ты куда?

— На службу, — торопливо завязывая шнурок, буркнул Максим Максимович, — в ларек.

— Рехнулся? — стоявшая на пороге комнаты супруга потерла виски руками, выходя из полусонного состояния, — пять утра.

— Рефлектор я не вырубил.

— Какой еще рефлектор?

— Электрический. Спираль открытая, не дай Бог бумага займется. Иди, спи. Я быстро. Туда и обратно.

Максим Максимович выпрямился, накинул пуховик и проверил на месте ли ключи от ларька.

— Тебе не приснилось? Точно не выключил?

— Точно. Хорошо, вспомнил. Ступай, говорю, спи.

— Делать тебе нечего,— недовольно проворчала жена, возвращаясь в спальню,— загорелось, уже бы подняли.

— Как же. Поднимут у нас.

Кодовый замок на дверях подъезда опять своротили. Изящно, легким ударом сплющенной трубы, валявшейся тут же. Внутри, возле порога, расстаравшимся ветром намело целый сугроб, уже украшенный пустой банкой из-под пива и желтым узором замерзшей мочи.

— Бесполезняк,— раздраженно прошептал самому себе Максим Максимович, выйдя на ночную улицу,— полный бесполезняк. Хрен еще денег дам.

Замок меняли третий раз за последние полгода, упорно собирая деньги с жильцов. Последний экземпляр был особой, противоударной конструкции, что, впрочем, не облегчило его горькую участь. Для посетителей небольшого пивного павильона, установленного летом напротив дома, подъезд оставался единственным бесплатным местом общественного пользования, доступ в которое не должен закрываться ни при каких обстоятельствах. Горожане активно боролись за чистоту улиц.

До ларька минут десять ходьбы. Максим Максимович отправился не привычным маршрутом по улице, а дворами, рассчитывая немного срезать. Вообще-то он не помнил точно, выключил вчера рефлектор или нет. Скорей всего, выключил. Он делал это автоматически, после того, как однажды от открытой спирали полыхнула газета. Хорошо, сразу заметил и затушил пламя. Но теперь «синдром утюга» не давал покоя. Да и просто не спалось сегодня. Ворочался, ворочался, потом покурил на кухне, полюбовался на контуры седых ночных облаков и в конце концов решил прогуляться по декабрьскому морозу.

«Службой» он называл ларек чисто по инерции. После долгих лет, проведенных в армии, никак не мог привыкнуть к слову «работа». Искусство торговли тоже поначалу давалось с трудом. Хотя, казалось бы, чего проще. Бери деньги, пробивай чек, выдавай товар. Но когда после первого рабочего дня не сошелся дебет с кредитом, Максим Максимович прикинул, что может не только остаться без жалованья, но и лишиться пенсии, назначенной ему родным Министерством обороны. По поводу того, что торговля в ларьке — занятие, в основном, женское, подполковник запаса переживал не особо. Это приносило небольшой, но доход — всяко лучше, чем без дела куковать дома, тоскуя на смешную офицерскую пенсию. Да и с тоски, сидя в четырех стенах, свихнешься.

Устроиться за прилавок помог бывший сослуживец, охранявший сейчас офис хозяина торгового предприятия. Предприятие сказано громко — несколько ларьков, раскиданных по городу, но какая разница. Лишь бы платили. Товар был не слишком ходовой. Канцелярские товары, книги, батарейки и всякая мелочь, требующаяся в хозяйстве. Покупатели косяком не шли, сиди себе на табурете, решай кроссворды. И лишь под Новый год торговля резко оживлялась. Батяня-комбат, как называл шефа Максим Максимович, привозил в ларек праздничную пиротехнику, особенно популярную у мирных горожан в последние годы. Петарды, хлопушки, ракетницы, салюты и прочую чепуху великого китайского производства. Наверно, за несколько предпраздничных дней фирма делала годовой план, что позволяло ей сводить концы с концами и не разориться с позором. Расходились огнедышащие игрушки отлично, несмотря на немалые цены. Даже случались очереди. Максим Максимович откровенно не понимал, как можно выкидывать, в буквальном смысле, на ветер по три, по четыре тысячи... Ради чего? Посмотреть, как шарахнет в небе ракета или рванет в сугробе идиотская хлопушка? Хорошо удовольствие! Он этих ракет и хлопушек за время службы бесплатно насмотрелся. До рези в глазах. И канонады наслушался. Особенно впечатлял привезенный вчера фейерверк «Звездные войны». Помещался он в специальном черном ящике, размерами с автомобильный аккумулятор, и стоил десять тысяч. Сверкающая этикетка гарантировала, что в течение трех минут зрители получат незабываемые впечатления, на фоне которых фильмы Лукаса — дешевая поделка. (Ага, руки оторвет — действительно не забудешь!) Пока «Войны» никто не приобрел, но Максим Максимович не сомневался, что в последний день декабря они обязательно уйдут.

Собственно, 31-е уже наступило. По графику два последних предпраздничных дня торговую вахту нес Максим Максимович, нарядившись в Деда Мороза, как приказал комбат. Вахта была усиленной, на два часа длиннее обычного, что и понятно. За переработку полагалась премия, напрямую связанная с товарооборотом. В девять вечера ларек закроется, отклеивай ватную бороду и иди встречать Новый год. Очередной. Точно такой же, как и предыдущий, и наверняка такой же, как следующий...

Максим Максимыч на ходу достал сигарету, закурил...

Да, сценарий написан давно и туда никто не вносит изменений. Салат «Оливье», шампанское на двоих, водка, селедка под шубой, телевизор, разговор ни о чем, «Ирония судьбы», сон до трех дня, остатки «Оливье», грязная посуда, жена у раковины, ленивый вечер у телевизора, короткая передышка и снова работа, прилавок, дом, телевизор... круговорот Максим Максимыча в природе. Хотя с другой стороны, все вроде ладно. Не хуже, чем у других. Может, и лучше. Все обустроено, все, как говорится, течет согласно уставу. Вон, соседи, муж с женой. То дерутся до синяков, то целуются на лестнице. Что ж это за жизнь?..

Но глаза-то у них блестят. Даже когда синяки... У Максим Максимовича давно не блестят. Все вроде по уставу, а не блестят...

Он прибавил шагу, перемахнул баррикаду из песка, снега и грязного льда, старательно сооруженную трудолюбивыми дворниками прямо на тротуаре. Обогнул покосившуюся тщедушную елку на детской площадке, усеянной окурками и замерзшими кучками собачьего стула, приблизился к темной арке. Ларек сразу за ней, на углу гастронома. Место людное, бойкое, для торговли вполне удобное.

Признаков пожара не наблюдалось. «Слава Богу, — в душе перекрестился Максим Максимович, — стоит, родимый. Не горит». Он сделал пару шагов из арки и вдруг замер.

Внутри черного пространства ларька мелькнул луч фонарика. Показалось? Нет. Вот, снова. Луч замер на несколько секунд, затем пропал. Максим Максимович на всякий случай шагнул за толстый ствол росшего на газоне тополя. Осторожно выглянул. Фонарик снова зажегся, луч заскользил по стенам, словно солнечный зайчик, запущенный веселым хулиганом. Рядом с ларьком ни души. Да, сомнений не оставалось.

Внутри кто-то находился. И, скорей всего, объявился он там не затем, чтобы выключить рефлектор.

«Ворюги поганые, — пробормотал Максим Максимович, — опять залезли».

Первый раз в ларь пробрались на прошлой неделе. Скорей всего, местные пацаны. Банально вышибли булыжником витринное стекло и утащили несколько коробок с пиротехникой. На другой день окрестные дворы подвергались массированной бомбардировке ракетниц и петард. Канонада особенно усиливалась в ночное время, заставляя выть автомобильные сигнализации и подниматься с постелей сонных обывателей. Комбат срочно пригнал рабочих, те навесили на витрины стальные решетки, во избежание подобных неприятностей. Максим Максимович предложил укрепить заднюю стенку ларька, представлявшую собой лист гофрированной жести, приваренный к каркасу точечной сваркой. Достаточно подсунуть туда ломик, посильнее рвануть, и Сезам откроется. Но батяня проигнорировал, ввиду природной скупости. Вероятно, сегодня злоумышленник воспользовался именно этим путем.

Максим Максимович, стараясь громко не скрипеть подошвами на снегу, сделал небольшой круг, огибая ларек. Пригляделся. Да, так и есть. Жесть внизу, возле основания, была отогнута на полметра над землей. «Предупреждал ведь, что залезут...»

Времени на планирование и подготовку к задержанию неприятеля не оставалось. Сейчас тот обшарит закрома, выскочит и удерет в ближайшую подворотню. И наглой морды не успеешь разглядеть. Максим Максимович сделал еще несколько осторожных шагов и прислушался. Глухой звук упавшей со стеллажа коробки, звон разбитого шарика, висевшего на пластмассовой елке. Никаких голосов. Скорей всего, одиночка. И потом, кто-нибудь обязательно стоял бы на боевом карауле подле ларька.

Ну и что делать?.. «Алло, милиция?..» — «Поняли! Через полчаса будем, ждите! Может быть...» Нет, все равно звонить неоткуда.

В паре метров от тыльной стенки валялся припорошенный снегом верстак, сколоченный на скорую руку из грубых досок. На нем работяги резали решетки, подгоняя под размер. Увозить верстак не стали, бросив на газоне, рассчитывая, что этим займутся дворники. У дворников пока не доходили метлы. Может, и к лучшему. Да, пожалуй, к лучшему...

Максим Максимович, словно опытный диверсант в сугробах Аляски, незаметно подкрался к верстаку, резко схватил его за ножки, приподнял и, громко выдохнув, прижал к стенке ларька. «Все, задание выполнено, товарищ командир! Готов к наградам Родины». Вырваться из окружения теперь невозможно. На окнах решетки, дверь на замке, тыл на верстаке. Вернее, под верстаком. Прижимая его, подполковник запаса уперся ногой в бетонный столб, торчавший рядом с ларьком весьма кстати. Теперь осталось дождаться первого прохожего и попросить его вызвать милицию.

— Эй! Кто там? — встревоженный голос принадлежал взрослому мужчине, а не пацану, как предполагал Максим Максимович.

— Скоро узнаешь, — ответил бывший офицер, плотнее прижимая верстак к стенке и негромко добавил заезженное: «Влип, очкарик».

— Мужик, алло. Ты кто?

— Тебе письменно доложить или так?

Не ответив, угодивший в капкан с силой толкнул верстак, надеясь освободиться. Затем еще. Подергал дверь, но убедившись, что это бесперспективно, прекратил попытки.

— Не вылезешь, ворюга,— пробормотал Максим Максимович, бросив взгляд на ближайший дом в надежде заметить раннего прохожего,— сиди и не рыпайся.

— Мужик, кончай, а? Выпусти,— в интонации появились просительные нотки. Таким тоном пойманные патрулем самовольно гуляющие солдаты просят отпустить их на свободу.

— А «Дирола» со спиртом тебе не принести? Ты, сволочь, радуйся, что я тебя через стекло не прихлопнул.

Прихлопнуть собеседника Максим Максимович мог разве что снежком, но, дабы не искушать того на новые активные действия, решил тонко намекнуть на наличие огнестрельного оружия.

— Что, на бутылку не хватало? — продолжил он более мирно.

— Нет, не на бутылку... Слушай, давай поговорим, а?

216

— Ну разговаривай. Мешаю тебе, что ли? Только не дергайся. Не вылезешь.

— Хорошо, не буду... Ты вообще кто?

— Не «ты» а, а «вы»... На брудершафт не пили. А познакомимся в милиции. Там и узнаешь, кто я такой. Заодно и прошлый четверг вспомнишь.

— Какой четверг?

— А то не знаешь? Когда ты стекло разбил и товара на двадцать тысяч уволок.

— Не бил я ничего.

— Ну-ну, рассказывай. И сегодня стенка сама сломалась. От ветра. А ты случайно залез... Погреться.

Из подъезда стоявшего напротив дома выскочил хрякообразный пятнистый бультерьер и, сделав пару кульбитов на снегу, помчался на детскую площадку выгуливаться. Место знает, стало быть, обученный. Следом, покручивая поводком, лениво выполз хозяин, круглый мужик в короткой дубленке. «И не лень же вставать в такую рань», — подумал Максим Максимович.

— Простите, можно вас? — негромко позвал он мужчину.

Тот, повертев головой, заметил стоящего у ларька человека, окликнул бультерьера и, не спеша, подошел.

— Здравствуйте. С наступающим. Я здесь на службе, — кивнул на ларек Максим Максимович, — в смысле, продавец. Гаврика одного прихватил, обворовать хотел. Держу вот. Милицию вызовите.

— Чего, правда? — Хозяин собаки-убийцы прижал лицо к решетке, пытаясь разглядеть находящегося внутри вора.

— Правда, правда... Нас второй раз грабят. Вот повезло, поймал гада. Позвоните по «ноль-два».

— Лады. Меня месяц назад тоже обнесли. Дверь ломиком сковырнули. Даже белье постельное уперли. Может, этот же козел... Роки! Ко мне, — толстяк окликнул коротконогого друга, — ко мне, сказано!

Роки, игнорируя приказ, продолжал резвиться на площадке, гоняясь за голубями.

— У вас же такой боец, — кивнул на бультерьера Максим Максимович, — как он допустил? Или его дома не было?

— Боец — съел огурец, — кисло усмехнулся мужчина. — Был. Для того и купили, чтоб квартиру охранял. Штуку баксов отдали за дурня. Родословная. Челюсти будь здоров, руку перекусит, а мозгов... Бандита увидал, прыгнул и повис у него на куртке. Тот куртку спокойно снял и на вешалку. Пока вещи выносили, этот охранничек так и висел на куртке. Я пришел вечером, еле отцепил. Короче, одна куртка в квартире и осталась. Самое обидное, мы ведь дрессировщика специально нанимали. Тот гарантировал... Роки! Иди сюда, скотина бестолковая! Только и умеешь за голубями гоняться!

Хозяин побежал на площадку ловить своего дрессированного охранника с гордой боксерской кличкой Роки.

— Позвонить не забудьте, — напомнил Максим Максимович.

— Да, позвоню...

Когда мужчина скрылся в подъезде, пойманный вновь подал голос.

— Вы правда тут работаете?

— Правда, — нехотя отозвался Максим Максимович, — по двенадцать часов стою, чтоб семью прокормить. Ноги к вечеру как свинцовые. Между прочим, из-за первой кражи с нас премиальные сняли.

— Вчера тоже работали?

— Да, работал. Тебе не все ли равно?

— Я вас видел, когда заходил. Может, помните? Я про фейерверк спрашивал. Который в черной коробке. «Звездные войны», кажется.

Максим Максимович напряг память. Да, точно, крутился тут вчера один тип. Тощий и сухой, как старый веник. С трехнедельной бородой. Лет тридцать. С гнилыми зубами и неистребимым «окающим» акцентом. В драной матерчатой куртке и старых кроссовках. Насквозь провонявший подвальной сыростью так, что после него пришлось проветривать ларек. Странный субъект, подумал тогда подполковник, расспрашивает про хлопушку за десять тысяч, а зимние ботинки купить не может.

— Не помню,— соврал он,— много вас таких. Где деньги лежат, небось высматривал?

— Мне не нужны ваши деньги.

— Да уж конечно. На экскурсию заглянул. Стенку тоже не ты сломал?

— Я,— выдержав небольшую паузу, признался парень, — простите... Пожалуйста, выпустите меня. Я все починю.

— Сейчас, помечтай. Сами теперь починим.

— Меня арестуют, — продолжал канючить парень.

— А ты медаль «За отвагу» хотел? Арестуют и правильно сделают. Воздух чище будет.

Напротив, на стекле гастронома красовал-
ся рекламный плакат, как нельзя лучше под-
ходивший к ситуации. Краснощекий толстяк
держал пивную кружку на фоне красного
флага. «Свободу настоящему мужику!»

— Я отработаю. Хотите, грузчиком. Или
еще кем. Обещаю. Сколько скажите, столько и буду работать. Мне нельзя сейчас в
тюрьму.

— Воровать не надо! А попался — будь
любезен!

— Понимаете... Я только откинулся, в
смысле — освободился. Месяца не прошло.

— Молодец,— усмехнулся Максим Максимович, — стало быть, рецидивист. Видимо, мало сидел, раз ничему не научился.

— Много... Восемь лет.

— Ого! За что ж столько?

— Подрался. На танцах в общаге. Ткнул
одного жердяя пьяного. Стамеской.

— Насмерть, что ли?

— Нет, рана не глубокая была. Но прони-
кающая... Дали по верхнему пределу. Вось-

милетку. Я ж не шишка, блата нет. В Форно-
сово сидел, знаете, зона такая здесь, под Пи-
тером?

— Мне это ни к чему знать, — Максим
Максимович зевнул и бросил взгляд на угол
гастронома, за которым послышалось та-
рахтенье двигателя. Неужели, милиция так
быстро отреагировала. Нет, «хлебовоз».
В окнах магазина зажегся свет. Может, попросить их продублировать хозяина бестол-
кового Роки?

— Я вообще-то не питерский, — продолжал парень, — из Зайцево. Село такое.
В Псковской области. Было. Сейчас там не
живет никто. Брошено.

Максим Максимович достал сигареты.
Ладно, пусть болтает. Главное, чтоб дверь
не пытался сломать.

— После школы сюда приехал, в путягу
поступил. На краснодеревщика учился. Закончил и на фабрику мебельную. В общаге
жил. Потом эта драка дурацкая...

— То есть ты у нас жертва обстоятельств? Невинная?

— Да нет. Сразу признался, что стамеской саданул. Хотя там и не видел никто, в
суматохе. Но я и не отпирался. За дело ведь

бил. Не я, так он бы меня... Вы закурить не дадите?

— А сто граммов не налить?.. Ты меня на жалость не бери. Все вы так. Сначала натворите, потом в ногах валяетесь — простите, пожалуйста, детство трудное, игрушки чугунные, люди злые... Знаем эту песню. Никто тебя в ларек лезть не заставлял. — Последние слова Максим Максимович произнес с нескрываемым раздражением. Действительно, пока не попадутся, все в ажуре, как влипнут, заводят жалостливую серенаду. «Не приди я сегодня, стоял бы этот певец на рынке и продавал бы пиротехнику с новогодней улыбкой на довольной роже. А тебе опять зарплату урежут».

Парень несколько секунд помолчал, вероятно, прикидывая, чем бы еще вымолить свободу. «Давай, напрягай извилины, сочиняй дальше, „настоящий мужик"».

— У меня пацан здесь. Сын. Семь лет. Андрюшка. В первом классе.

— Мать-старушка и карточный долг.

— Мама умерла,— не реагируя на язвительный тон Максима Максимовича, произнес узник,— два года назад. Там, в Зайцево. Шестьдесят восемь всего было. Инсульт.

— А батя жив? — более мягким тоном спросил отставной подполковник.

— Не знаю. Может, жив. Я и не видел-то его ни разу. Он городской, из Пскова, на практику к нам, в Зайцево, приезжал. Из техникума сельскохозяйственного.

— Так зачем ты в ларек забрался, если не за деньгами? За хлопушками?

— Я...— Парень на секунду замялся, не зная, как продолжить.— Я для сына...

— Что для сына?

— Я обещал ему... Сейчас...

Урчание очередной машины за углом гастронома прервало парня. Он замолчал, прислушиваясь.

— Это милиция?

— Нет. Такси. Так при чем здесь твой сын?

— У меня здесь нет никого, кроме Андрюшки. Вообще никого. Я ж с Ленкой расписан не был. Это мать его. Она сначала писала, даже приезжала несколько раз. Ждать обещала. Через полгода, как меня осудили, Андрюшка родился. А потом надоело ей ждать.

— Еще бы...

— Нет, она вообще-то хорошая, не злая. Просто другого полюбила. Через год замуж вышла за вояку одного. Письмо мне прислала. Так и так, прощай, Володя, у меня новая жизнь. Меня Владимиром звать.

— Очень приятно.

— Я как вышел, сразу к ней. На сына посмотреть да и помощи попросить на первое время. Она здесь, рядом, живет. В «сталинской» семиэтажке с колоннами. В тайне думал, может разошлась с военным своим, примет... Не приняла. Нужен я ей такой... Денег вот, одолжила немного, и все. Тяжелый разговор получился. К Андрюшке даже не пустила. Мол, нечего ребенка травмировать. Есть у него отец. Пусть не родной, а отец... А я, получается, посторонняя личность. Погоди, говорю, я ж от отцовства не отказываюсь, помогать буду, как смогу. Только на ноги встану. Она — не надо нам никакой помощи, обойдемся... — Володя опять прислушался, затем продолжил: — В общем, неделю у приятеля с зоны прокантовался, после подвальчик присмотрел теплый. На работу не берут без прописки, а где ж ее взять? Подхалтуривал, где мог.

Правда, мужик один обещал после Нового года к себе в мастерскую взять, плотником. Я ж столярничать не разучился, на зоне мебель строгал... А не возьмет, в Псков вернусь, там родня кое-какая, пустят на первое время.

Максим Максимович снова ухмыльнулся. «Красиво заливает...»

— Во вторник, позавчера, решил Андрюшку повидать. В школе. У них последний день перед каникулами. Попросил уборщицу, чтоб показала... Вылитый я, один в один. Я б и без уборщицы узнал... Хороший мальчишка. Он мне сперва не поверил, но я ему фотку показал, где мы с Ленкой. Поговорили, в общем... Растерялся он здорово, да и я, если честно. Спрашиваю, чего тебе, сынок, на Новый год подарить? Он плечами пожимает... Я вдруг прикинул, как же подарок передать? Ленка меня теперь на порог не пустит... Тут мысля в башку и стукнула... Хочешь, сынок, я тебе салют подарю? Самый красивый. В полнеба. Ты, главное, в полночь, как куранты отобьют, подойди к окошку, что на спортплощадку выходит, и смотри. Увидишь салют, знай, это батя твой. Родной батя. У Андрюшки глаза загорелись.

По себе знаю, любят пацаны стрелялки всякие. Мы в деревне на Новый год всегда поджиги самодельные запускали... А нынче эти салюты в магазинах продаются...

— И ты, значит, не долго думая, в ларек залез. Герой. За чужой счет подарки делать ума не надо.

— Не хотел я сначала воровать. Надеялся денег достать. Занять. Но кто ж десять тысяч первому встречному с восьмилеткой за плечами даст? У меня, когда вчера сюда заходил, еще и в мыслях не было залезать. Рассчитывал все ж найти деньги... Не нашел...

Володя громко чихнул, зацепив рукой елочку. Шарики на ней весело зазвенели.

— А я ж Андрюшке обещал. Он ждать будет. А теперь что? Хорош батя. Появился и пропал. Да еще обманул... Мне ж меньше трехи не дадут. И все, потеряю Андрюшку. Потом не объяснишь. Да хрен с этой трешницей. Отсижу. Пацана подведу. Он теперь знает, что батя у него есть...

Пошел редкий снег. Прохожих на улице еще не было. Сегодня выходной, на службу не надо, перед бурной ночью лучше выспаться. Некоторые, судя по громким зву-

8*   227 кам магнитофона, летевшим из окна дома, уже начали пировать. Водитель «хлебовоза», закончив разгрузку, закрыл борт машины, забрался в кабину и запустил двигатель. Максим Максимович взглянул на часы. Прошло двадцать минут. Отдел милиции находился в конце соседней улицы, пешком за четверть часа дойти можно, если, конечно, не через Камчатку. Не позвонил этот собачник, что ли?

— То есть ты, значит, предлагаешь тебя не только выпустить, но еще и фейерверк за десять тысяч подарить? Так, что ли?

Володя из Зайцево не ответил.

— То-то и оно... У тебя, голубок, таких историй плаксивых, наверно, с десяток, на все случаи жизни. Как побрякушек на елке. Один красавец мне тоже про больную жену вещал, а потом с прилавка калькулятор пропал. Ты эту сказку про сына в милиции рассказывай, а меня нечего лечить.

— Не вру я! — эмоционально отозвался бывший зек. — Понимаю, чепуха какая-то, только без резона мне врать. Все равно теперь посадят. А насчет сына в школе можете спросить. Ковалев Андрюшка. Первый «Б».

— Уже бегу...

— Зря вы так...

— Ах, я еще и нехороший. Деньги всегда найти можно. Если очень надо. Значит, не очень надо. Молчал бы лучше.

Володя замолчал. Прошла еще четверть часа. Без разговоров. Больше он не канючил и выпустить не просил. Нога, которой Максим Максимович упирался в столб, здорово затекла, но он не опускал ее, боясь, что парень снова попробует вырваться. Несмотря на легкий мороз, было жарко, словно после марш-броска с полной выкладкой.

«Ну скоро они там»? Максим Максимович принялся высматривать прохожих, чтобы призвать кого-нибудь на помощь. Миловидная дама в шубке, кое-как вывалившаяся из тормознувшего такси, на его призывы не отреагировала. Едва держась на ногах, потащилась к парадному подъезду. К дедку, копающемуся в недрах мусорного бака, обращаться вообще не имело смысла.

— Скажите,— неожиданно спросил Володя,— а у вас есть дети?

— Есть...

— Сын?

— Да. Двадцать три года. Что еще интересует?

— Ничего... Просто так спросил.

Сын жил отдельно. С молодой женой. Не сказать, что отношения с ним были натянутыми, но теплыми их тоже не назовешь. То ли юная супруга так влияла на сына, считая Максима Максимовича отсталым от жизни, то ли характер, то ли еще что... За последние два года они ни разу не собрались на какой-нибудь семейный праздник, не говоря уже, чтоб посидеть просто так, без всякого повода. Сегодня они снова будут встречать Новый год порознь. Хорошо бы, хоть позвонили, поздравили...

Отцы и дети? Кто их, нынешних, разберет. Все сейчас поменялось... Вы, предки, свою роль выполнили, до свидания. Да нет, глупости... Просто у них теперь своя жизнь. Хотя обидно. Все ведь для детей... Почему тогда? В чем нестыковка?..

Ну где там эта чертова милиция?!. За что им деньги платят? Что, у них нормативов нет? Идиотизм... Надо было сказать, убивают. Может, мне еще и в отдел этого самому тащить? Сейчас возьму и выпущу его к чертовой матери! Так ведь завтра снова куда-нибудь заберется... Во, кажется, едут. Дождались.

230

Максим Максимович, будучи почти всю службу связанный с армейским автохозяйством, научился различать марки машин по звуку двигателя. Вот и сейчас он без труда угадал тяжелое урчание мотора «уазика», который, сверкая голубым «маячком» на брезентовой крыше, пару секунд спустя вырулил из-за гастронома.

«Они б еще сирену включили,— подумал Максим Максимович,— можно подумать, в пробке застряли».

Он опустил затекшую ногу и помассировал ее ладонями. Милицейский транспорт вскарабкался на поребрик и прямо по заснеженному газону подкатил к ларьку.

— Все, рота, подъем,— бросил он Володе,— выходи.

Когда сержант-водитель обыскивал парня перед тем, как посадить в зарешеченный отсек машины, последний поднял глаза на Максима Максимовича и каким-то по-детски обиженным тоном произнес:

— С наступающим... Служите дальше.

Рефлектор оказался выключенным. В ларьке висел тяжелый запах прелости и подвальной сырости. Часть упаковок с товаром была аккуратно составлена со стеллажей на пол. «Надо же, не просто сбросил, а составил». Возле кассового аппарата лежала на боку черная коробка со «Звездными войнами».

— Все цело? — заглянул в двери оперативный уполномоченный.

— Вроде да... Бардак только.

— Не трогайте ничего. Сейчас эксперт подъедет, следы снимет... И вызовите кого-нибудь из своего руководства, нам нужно заявление.

— А с ним что будет? — поинтересовался Максим Максимович, кивнув на машину.

— Сначала на трое суток. А там поглядим. В зависимости от личности. Смотря что за сухофрукт.

Покинув ларек, Максим Максимович достал сигареты, но затем, подумав о чем-то, спрятал пачку обратно в карман. Уполномоченный докладывал начальству о раскрытии кражи, громко крича в перемотанный изолентой микрофон рации. Водитель машины стряхивал снег с брезента «уазика».

Володя из Зайцево каким-то зачарованным, но в то же время грустным взглядом, прижав лицо к решетке, смотрел куда-то в сторону. Максим Максимович обернулся. В небольшом сквере, в сотне метров от гастронома, переливаясь веселыми огнями электрических гирлянд, сверкала новогодняя елка...

После праздников Батяня-комбат выписал отличившемуся подполковнику премию в размере месячного оклада. За спасение частного имущества и героизм.

* * *

Год спустя, покупая шампанское, Максим Максимович заметил в дверях универсама знакомое худощавое лицо. Человек выходил на улицу. Впрочем, сказать с уверенностью, что он не обознался, Максим Максимович не мог, зрение здорово подсело, а очки остались дома. «Может, просто похож? Или все-таки он?» Тогда, в январе, сразу после праздников его вызвали в милицию и допросили о ночном происшествии. Делом занималась молодая дамочка с длинными красными ногтями, которые мешали ей печатать на машинке. «А где этот?» — спросил Максим Максимович. «В тюрьме, — не отрываясь от печатания, ответила дамочка, — он ранее судимый, к тому же без прописки. Не отпускать же такого...» Закончив допрос, она оставила на всякий случай свою визитку и предупредила, что месяца через три Максима Максимовича вызовут в суд, и попросила обязательно прийти.

Но ни через три, ни через девять месяцев Максима Максимовича никуда не вызывали. Он спрашивал у комбата, но тот пожимал плечами — надо будет, вызовут. Неужели выпустили?

Максиму Максимовичу очень хотелось, чтобы он сейчас не ошибся. Чтобы это был он, Володя... «Да, я тогда все сделал правильно, задержал вора, передал его органам... Какие могут быть угрызения? Его арестовали? Но ты здесь при чем, товарищ подполковник... История с сыном? Скорей всего это выдумка... Или нет?.. Но что с того, даже если правда? Вор должен сидеть. А он вор... Воры не бывают честными... Но... Лучше б его отпустили. Не знаю, почему, но так оно лучше».

Максим Максимович покинул очередь, вышел на улицу, огляделся по сторонам. Парня не было. То ли свернул за угол, то ли сел в отходивший от остановки троллейбус. «Обознался или нет?»

Вернувшись домой, он отыскал в трюмо визитку дамочки-следователя, набрал номер.

— Слушаю,— раздался знакомый голос.

— Здравствуйте... С наступающим...

Максим Максимович представился и напомнил обстоятельства прошлогодней истории.

— И что вас интересует?

— А чем все закончилось? Просто меня так и не вызвали в суд.

— Дело же прекращено. Я разве не уведомила вашего начальника?

— Он ничего не говорил,— почувствовав явное облегчение, ответил Максим Максимович.

— Возможно, уведомление не дошло. Это бывает.

— Простите, а почему прекращено?

— За смертью обвиняемого...

— Как?.. Как за смертью? — едва слышно выдавил из себя отставной подполковник.

— Он с кем-то подрался в камере, и его ударили ножом... Это вина администрации тюрьмы. Допустили, что у арестованных был нож... Алло, вы слышите? Алло?

— Да... Слышу... Скажите, пожалуйста... Если знаете. У него есть сын?

— Сын? Кажется, есть... Да, точно. Я вызывала его бывшую сожительницу. Она что-то говорила про мальчика.

Не попрощавшись, Максим Максимович положил трубку и уставился в белое пустое окно.

* * *

За пятнадцать минут до боя курантов, Максим Максимович вышел в прихожую, обулся, накинул куртку и поднял с пола приготовленную хозяйственную сумку.

— Куда ты? — обалдело уставилась на него жена, выглядывая из кухни.— За стол пора.

— Я сейчас. Быстро,— как-то виновато ответил отставник, шагнул за порог и аккуратно прикрыл дверь.

Выйдя на улицу, он почти бегом направился к спортивной площадке, расположенной в соседнем квартале. Редкие прохожие неслись домой, боясь опоздать к первому удару часов. Кое-кто начал праздновать прямо на улице. Впрочем, Максим Максимович не обращал на них ни малейшего внимания. Без пяти двенадцать он остановился в центре площадки и внимательно посмотрел на окна возвышавшегося напротив семиэтажного «сталинского» дома с колоннами. Затем вытащил из сумки черную коробку и поставил ее на снег. «Звездные войны! Незабываемые впечатления!» Чуть замерзшими пальцами извлек спрятанный под защитной бумагой фитиль и стал ждать.

Когда пробил двенадцатый удар курантов, Максим Максимович зажег спичку и поднес ее к фитилю.

КОНЕЦ

КОНТРОЛЬНЫЙ ВЫЗОВ

«ОБЪЕКТ НАХОДИТСЯ ПОД ОХРАНОЙ ПРЕДПРИЯТИЯ „СПРУТ"».

Каждый раз, подходя к месту своей опасной и трудной службы, я невольно читаю этот угрожающий стикер, прилепленный прямо на парадных дверях. Полгода назад его пришпилил завхоз Гасанов, чтобы отпугивать пьяных тинейджеров, время от времени обстреливающих окна нашего объекта пустой стеклотарой и камнями. Количество обстрелов, правда, не сократилось, но стикер не отодрали, он вносил в унылый пейзаж некое оживление, яркой синей кляксой красуясь на серых дверях с глазком. Как вы, может быть, догадались, под словом «объект» скрывается наш маленький, но гордый отдел милиции. Что скрывается под предприятием «Спрут» я озвучивать не буду, все это и так знают, чай, не в Америке живем.

Постовой Мухин, или Человек в Железной Каске, как я его называю, торчащий в дозоре возле позорного стикера и, по обыкновению, мусолящий во рту сморщенную папиросу, поправив боевой автомат, приветствует меня тяжелым рукопожатием и пропускает внутрь. Не буду утомлять описанием жестокого аромата, наполняющего воздушное пространство объекта. Вызывать у обывателя приступ астмы совсем ни к чему. Главное, свыкнуться и не обращать внимания. Зимой будет еще хуже. Вездесущие рекламщики уже вовсю используют этот аромат в корыстных целях, развесив по отделу плакаты с пропагандой дезодорантов.

В коридоре участковый Вася Рогов стирает старой форменной кепкой черную пыль с гипсового бюста Дзержинского. Бюсту лет пятьдесят, он изрядно поврежден временем и хулиганами, но команды убрать Эдмундыча из коридора пока не поступало. Вероятно, бюст представляет художественную или историческую ценность. Говорят, замполит собирается провести в отделе референдум, планируя заменить основателя ВЧК на более нейтрального Петра. Но, думаю, у него ничего не выйдет. Эдмундыч, возможно, сатрап, но он как-то привычнее и, если так можно сказать, роднее. Пыль с бюста последний раз стирали во второй половине прошлого века, еще при социализме, поэтому действия Василия меня настораживают.

— Михалыч попросил, — заметив мое удивление, бросает Рогов. — Он тебя, кстати ищет.

Михалыч — наш пожилой дежурный офицер, тянущий лямку в отделе уже третий десяток и обладающий в силу этого непререкаемым авторитетом. Пожелав Рогову успехов в борьбе, я перемещаюсь в дежурную часть. Михалыч, сидящий за пультом, словно командир воздушного лайнера перед штурвалом, встречает меня дружественным матом, на котором он, как большинство соотечественников, разговаривает. Закончив традиционное приветствие, ветеран переходит к сути вопроса.

— Андрюша, епть... Ты сегодня старшой по отделу. Принимай бразды, епть.

— Не понял. А где командиры?

— Шишкин в отпуске, Егоров со Стародубом на больняке. Простудились. Сам видишь, не май месяц. — Михалыч сует мне под нос лохматый журнал приема дежурств и переходящий символ отделенческой власти — мобильник «Нокия» старой модели.

Вижу, что не май, а июль. Грех не простудиться. Спорить бесполезно. После начальника и двух замов, я действительно самый главный в отделе, хотя всего лишь старший лейтенант. Черкаю в журнале, что дежурство принял, забираю мобильник. Мобильник один на отдел, и я торжественно клянусь Михалычу его не посеять.

— И сколько мне отдуваться? — уточняю я.

— Сутки. Если Егоров к завтрему не поправится, Рогов тебя сменит. Потом Жора. Передай ему, чтоб не слинял.

Жора, мой коллега по оперативно-розыскной деятельности, тоже сыщик-профессионал экстра-класса без прикрытия, непременно обрадуется возможности покомандовать. Что скрывать, любит напарник власть, так и подбирается к заветному мобильнику. Невелик отдел, человек пятьдесят, но приятно.

— Имей в виду, — предупреждает Михалыч, пряча журнал, — сегодня проверяющего обещали прислать из штаба, епть. Так что гляди, без проколов. Я вон грязь с Феликса велел стереть, чтоб не докопался.

Хороший сюрприз.

— И что он проверять будет? Внешний вид?

— Хрен его, вражину, знает. Им всегда есть что проверять. — Михалыч бросает взгляд в осколок зеркала над пультом и приглаживает остатки седых волос.

— Седина в бороду — виагра в рот. — Подмигнув ветерану, я покидаю помещение.

В ответ доносится мат в три слова.

Перечень обязанностей ответственного по отделу напоминает объемный триллер с непредсказуемым финалом. Особенно когда несешь вахту впервые. А тут еще и проверяющий какой-то. От них, гадов, всего ожидать можно. Такие комбинации разводят, Штирлиц отдыхает. Один, помню, пьяницу изображал. Обольется водкой для запаха, насует денег в карманы и завалится рядом с отделом. Мол, сейчас его заберут, а после он посчитает, все ли имущество на месте, все ли копеечки? А заодно посмотрит, вежливо ли сотрудники с гражданами обращаются, не обзывают ли грязно. И вообще, каково настроение в рядах? Хорошо, стуканули нам про этого чудака. Михалыч ему прием устроил, как в советских фильмах про милицию. И чай, и простынку в номер... Не то что копейку взял, а еще и из своего кармана добавил, вроде как на опохмелку... А что сегодняшний ревизор выкинет? Направляясь в кабинет, пытаюсь настроиться на хеппи-энд, но, поняв бесполезность этого занятия, машу рукой. Будь, что будет. Отобьемся. Главное, верить в победу добра над злом и занимать жизнеутверждающую позицию.

Проверяющий прибыл к полудню. Был он тучен и мал ростом. Без стука ввалился в мои оперативные апартаменты, махнул глянцевым удостоверением и коротко, по-военному, представился:

— Подполковник Пименов. Штаб.

Ну и что? У меня тоже красные «корочки» есть. Пожалуйста, любуйтесь.

Старший оперуполномоченный. Не штаб.

— Вы ответственный от руководства? — Тон подполковника напоминает шипение бикфордова шнура.

— Так точно.

— Ответьте мне, пожалуйста, — взгляд Пименова пробивает мою начальственную голову навылет, — почему постовой милиционер на входе не отдает чести старшим офицерам?

Да, это вопрос. Всем вопросам вопрос. Не ждали. Парировать тут нечем. Человек в Железной Каске вместо чести может и в табло с порога запросто заехать. Особенно, когда старший офицер в гражданской форме одежды и слишком понтовит. Что с сержанта взять? Три раза в Чечню катался. Две контузии, одно ранение. Кто не приглянется — прикладом в челюсть. Подполковнику повезло...

— Вероятно, он не понял, что вы офицер, — впалой грудью прикрываю я Мухина, — до вас никто не жаловался на подобные казусы. Честь у нас отдается всегда. Святое.

— А почему дежурный офицер без фуражки? Это прямое нарушение устава.

— Жарко сегодня...

— В уставе нет ссылок на погоду. Там русским по белому сказано, что дежурный офицер обязан находиться в фуражке.

— Согласен, — я мгновенно понимаю, что спорить с подполковником бесполезно, и лучше тупо соглашаться, — сию минуту поправим.

Пименов раскладывает на столе пухлую кожаную папку. (Настоящий крокодил! Не Пименов — папка.) Делает отметку в какой-то ведомости. (Записки сумасшедшего, том первый.) Затем бегло осматривает мой уютный офис со следами ржавых подтеков на стенах.

— Это кровь?

— Нет. Трубу прорвало. Еще весной.

— Убрать.

— Сделаем, — киваю я, поминая добрым словом Гасанова, так и не добывшего краску.

— Значит так, — проверяющий захлопывает крокодиловую папку, — у нас много нареканий по вашему отделу. Граждане жалуются на бездушное отношение и халатность при приеме от них заявлений. Грубость, хамство...

— Клевета, — стеной встаю я на защиту чести отдела, — чужую боль мы воспринимаем как свою.

— Вот мы сейчас и проверим. — Пименов поднимается со стула. — Пойдемте.

— Куда, если не секрет? — уточняю я, прикидывая, где взять денег на кабак для дорогого гостя.

— На территорию. Сделаем контрольный вызов.

Нет, пожалуй, с кабаком торопиться не стоит. Шеф, Шишкин Анатолий Павлович, при последней проверке имел неосторожность предложить. Штабной согласился. Угостился «смирновочкой», закусил икоркой с омарами и прочими морепродуктами, а потом счет потребовал, мол, контрольная пьянка. Счет-то не слабый, баксов на двести потянул. Товарищ шефу и врубил — пишите рапорт, на какие средства меня поили-кормили? Оклад майора милиции полтинник зеленых, вариант «угостил из уважения» не прокатит. Палыч до сих пор, по-моему, не отписался. Самое обидное, омаров-то штабной схавал, и изжога не мучила...

— Простите, — прикидываюсь я дауном, — что такое контрольный вызов? Про контрольный выстрел слышал, а вот...

— Не прикидывайтесь дауном, — деловито объясняет Пименов, — сейчас зайдем в какое-нибудь учреждение, универмаг, например, или еще куда, и попросим директора позвонить в ваш отдел.

— Зачем? — продолжаю кривляться я.

— Он сделает вызов. Например, произошла кража товара. А мы посмотрим, насколько оперативно ваши подчиненные реагируют на вызов. Укладываются ли в нормативы, вежливо ли беседуют с гражданами... С последующими оргвыводами.

Скажу прямо, ничего приятного, кроме «ваши подчиненные», мое острое ухо не уловило. Про нормативы вряд ли кто из наших (моих) слышал, на заявки ездим по мере наличия транспорта, бензина и людей, иногда интервал между вызовом и прибытием составляет столько, что заявители уже сами забывают, за каким лешим нас вызывали. Что касается вежливых бесед, то тут как повезет. Если приедет Мухин, оргвыводы будут весьма предсказуемы. Шишкину, как минимум, придется искать новое место службы. Правда, надо отдать Пименову должное, он благороден. Мог ведь и не предупреждать, а вызвать по-тихому и наблюдать.

— Что ж, вызов, так вызов, — подозрительно безразлично киваю я, лихорадочно прикидывая, каким образом предупредить Михалыча о готовящейся провокации.

Опытный Пименов, вероятно, догадывается о моих тайных намерениях и грозит толстым указательным пальцем:

— От меня ни на шаг. Не вздумайте предупредить дежурного.

— Да что вы, товарищ подполковник, у меня и в мыслях нет. Нам бояться нечего, нормативы знаем, как самурай кодекс бусидо. В туалет на дорожку не хотите?

— Не хочу.

Напрасно. Там такие девчата наклеены, волей-неволей зависнешь минут на пять. Мне б хватило до дежурки добежать...

Перед дверьми подполковник притормаживает, минуту-другую изучает стикер «Спрута», после чего строго интересуется:

— Нормально охраняют?

— Не жалуемся,— пожимаю я плечами...

* * *

В ближайшем универмаге, куда мы обратились по поводу контрольного вызова, нас вежливо завернули, невзирая на высокие чины и должности. «Извините, господа, завтра весь город будет знать, что у нас, на предприятии высокой культуры торговли, воруют. Нам такая реклама ни к чему. У нас служба безопасности — мышь не проскочит».

. Да какая мышь, если в вашей службе — бывшие наши. Все, как один. Впрочем, спорить бесполезно, предприятие частное. Не воруют, так не воруют.

Очередным заведением на светлом провокаторском пути оказался шопчик хозяйственных товаров, притаившийся в подвале жилого дома. Но и там ждала неудача. Продавец, молодой кавказец, совсем плохо понимавший по-русски, долго не мог врубиться, чего от него хотят. А потом просто послал к хозяину. Но хозяина в городе не было, тот отбыл на родину за свежей партией мыла. (Не забыть бы проверить, кстати, что это за мыло. Обязательно отправлю Рогова.)

В течение следующего часа мы навестили еще ряд учреждений, расположенных на обслуживаемой территории: детский сад, парикмахерскую, кафе «Убойная сила», коммерческую баню с девками и братвой, районную библиотеку и продуктовый ларек. Снять трубку и набрать номер нашего отдела никто из руководства названых фирм не решился. «Вот когда ограбят-убьют по-настоящему, тогда и вызовем, тьфу-тьфу-тьфу, не накаркать бы...»

Не думайте, кстати, что я с обреченностью стоящего на эшафоте наблюдаю за текущими событиями. Мозг по-прежнему лихорадочно ищет возможности связаться с центром и сообщить архиважное донесение. Но увы, Пименов следит за каждым моим движением. Варианты с больным животом и слабым мочевым пузырем не прокатывают. Терпи, старший лейтенант, капитаном будешь. Сам подполковник тоже терпит, тяжело дыша и вытирая батистовым платочком пот с широкого лба. Единственное, что он смог себе позволить, это снять пиджачок.

В секс-шоп мы заходить не стали. Вряд ли оттуда обратятся за помощью к органам, даже при реальной краже. Да и что там можно стырить? Пименов предложил боулинг-клуб. Ага, кеглю свистнули. Он бы еще в наркопритон заглянул... Новые полчаса активных поисков результата не принесли. Я осторожно намекаю на бесперспективность затеи, но подполковник неумолим. У нас своя работа, у него своя. Проверка на дорогах. Да, видели б сейчас мои дворовые кореша и дорогие соседи, чем вынуждены заниматься профессионалы сыска. Я то им ежедневно про незримый бой заливаю, про дедукцию и свистящие у виска пули...

Удача улыбнулась представителю штаба (а соответственно, скорчила рожу мне) в малюсенькой лавочке «Товары для животных», уместившейся в пустующей нише подъезда жилого дома. И улыбнулась лишь потому, что продавец Сережа, юноша призывного возраста, узнал мою персону. Я имею неосторожность заглядывать сюда после службы, чтобы со скидкой купить корм для своего полосатого иждивенца. В обмен на скидку я не сдаю Сережу доблестным представителям военкомата, второй год мечтающим отловить уклониста. Вот такая игрушечная коррупция.

Выслушав офицера штаба, уклонист обвел глазами свои двухметровые владения и почесал затылок.

— А чего у нас воровать?

— Воровать всегда есть что, — подсказал оживший Пименов, — вот, например, эту клетку.

— Клетка не продается. В ней хомяки живут.

В клетке действительно копошились два сонных хомяка рыжей масти.

— Хорошо, тогда «Кошачий завтрак». Сколько он стоит?

— Двадцать два рубля.

— Не солидно, товарищ подполковник, — я предпринимаю попытку уклониться от проверки, — ущерб мелковат.

— Хорошо, что у вас самое дорогое?

Продавец еще раз осматривает запасы, взгляд тормозит на пестрой морской свинке, мирно дремлющей в аквариуме.

— Вот свинка... Обыкновенная. Сто рублей.

— Отлично, — Пименов по ковбойски выхватывает из-за пояса свой мобильник, набирает номер и передает трубку продавцу.

— Может, еще поищем? — жалобно предлагаю я.

— Хватит, — отрезает штабник, — и так столько времени потеряли. У меня сегодня еще два отдела по плану.

— Простите, а что говорить? — Юноша осторожно, с опаской, словно ожидая удара, прижимает трубку к уху.

— Так и говори, неизвестные украли морскую свинку стоимостью сто рублей. Потом называй адрес.

Ну все, парень, пойдешь ты у меня завтра плац топтать. Никакие скидки не помогут, даже стопроцентные.

Парень, дождавшись ответа дежурного, в точности повторяет слова Пименова. В течение последующей минуты выслушивает ответ... Интересно, какая часть указанного времени ушла у Михалыча на фразеологические обороты? Уверен, безобидным «епть» ветеран не ограничился. Судя по покрывшемуся сизыми пятнами лицу будущего защитника отечества, многие словосочетания он слышал впервые... Хорошо, у телефона нет громкой связи. Хомячки и свинка перенесли бы стресс, не совместимый с жизнью.

— Что ответили? — ехидно любопытствует Пименов.

Пока продавец подбирает политкорректный ответ и выходит из сумрачного состояния, беру инициативу в свои руки.

— Погодите! Заявку-то сделали, а свинью не убрали! Прячьте скорей!

Парень утвердительно трясет головой и бросается к аквариуму. Через секунду свинка исчезает где-то под прилавком.

— Простите, товарищ подполковник, вы не напомните, какой норматив на прибытие оперативной группы? — с напускным спокойствием как бы между прочим, уточняю я. — Вылетело из головы на жаре.

— За такое «вылетело» у нас вылетают из органов. Если через пять минут здесь никого не будет, пеняйте на себя. Ваш Шишкин, насколько я помню, на особом контроле... Да и начальник РУВД. Огребут все.

— Шишкин вообще-то в отпуске.

— Не имеет значения. Если в отделе бардак, нечего уходить в отпуска. — Пименов извлекает из нагрудного кармана электронный секундомер и нажимает кнопку. Время пошло.

— Пять минут нереально. Пробки в городе. Все улицы перекопаны, спасибо властям. Только на вертолете можно.

— Нормативы есть нормативы. Нечего на власти пенять.

— Ну хоть минуты три накиньте, — продолжаю канючить я.

— У нас не футбол, чтоб добавленное время давать.

Да, атас. Ситуация критическая. И никакое добавленное время положение не спасет. Тем более что вызов поступил не на «02», а напрямую Михалычу. Если по «02», еще б была надежда, что к вечеру кто-нибудь объявится...

Секундомер исправно меряет секунды. Всплывают сцены голливудских страшилок. Таймер, прицепленный к ядерной боеголовке, раненый герой, довольный злодей. Последние мгновения. Зал в напряжении. Успеет ли герой?

Эх... Куда ж он денется? И красавицу спасет, и злодея убьет. И ноги унесет за секунду до взрыва.

У нас тут не кино, у нас беспощадная реальность. Да и валить некуда. Разве что декоративных тараканов в банке рассматривать. Вон какие красавцы. Подкинуть бы такого Жоре в стол... Пименов опять косит глаз на секундомер. (Чтоб он у него завис!) Продавец мнется с ноги на ногу, не зная, что делать.

В лавку втискиваются бабушка с девочкой.

— Здравствуйте, Сережа, — улыбается старушка продавцу, протягивая пакетик, — мы за «Вискасом».

— Закрыто по техническим причинам, — жестко обрезает Пименов, — завтра приходите.

Сережа кивком подтверждает. Отбил, похоже, Михалыч парню способность к разговорной речи. Будет теперь жестами изъясняться. Старушка с девочкой исчезают не «Вискаса» хлебавши.

Две минуты до взрыва. Самое обидное, ничего не сделать... Сережа добавляет громкости в небольшом приемнике, стоящем на прилавке, чтобы скрасить последние мгновения. «По заявке майора милиции Шишкина передаем песню группы „Любэ“ „Прорвемся, опера!“». В бессильной злобе хочется раздавить декоративного таракана. Чуда не произойдет. Да и с чего ему случаться?

Тридцать секунд, пятнадцать, десять. Блуждающая улыбка на лице подполковника Пименова. Что ж, радуйся, гад. Уличил. Премию получишь, в боулинг-клуб сходишь.

Я выползаю на улицу. Пименов уже не контролирует меня. Ни к чему. Он выиграл... Две секунды, одна...

Из-за угла вылетает взмыленный, словно бешеный мустанг, отделенческий джип марки «УАЗ». Закладывает каскадерский вираж и со свистом тормозит возле лавки. Бампер отлетает, чуть не переломав мои нижние конечности. Следом за джипом выворачивает черная «Волга» с «мигалкой» на крыше. Повторяет маневр, тоже замирает перед моей ошарашенной персоной. За рулем «Волги» лично начальник РУВД. Я бросаю взгляд налево. Со стороны площади приближается кавалькада «Жигулей» вневедомственной охраны и ГИБДД... Не только с «мигалками», но и сиренами. Еще дальше угадываются очертания тяжелого омоновского фургона.

Из задних дверей УАЗа выпрыгивают два бойца с автоматами и перекрывают улицу, быстро и четко растягивая красно-белую ленту. Следом появляются Михалыч, Человек в Железной Каске с «беломором», Вася Рогов, завхоз Гасанов, пара постовых и, наконец, водитель в бронежилете. То есть все, кто да данный момент прохлаждался в отделе. Из «Волги» выгружается шеф в полковничьем кителе, пара его заместителей и эксперт со своим чемоданчиком. Все вихрем мимо меня бросаются в подъезд, откуда через мгновение доносится винегрет из командирских голосов:

— Что похищено? Приметы... Поняли... Внимание, всем постам! Дайте ориентировку по городу... Перекройте возможные места сбыта, опросите свидетелей... Эксперт, приступайте... Епть... Тихо, без паники...

...Последним на место происшествия прибывает Анатолий Павлович Шишкин. На собственной «Ниве». Судя по внешнему виду, прямо с дачного участка. В руках лопата, на ногах зеленые резиновые сапоги.

— Андрей, что стряслось?!

— Свинку украли, Анатолий Палыч. Морскую...

...Думаю, до конца дней мне не забыть глаза продавца Сереги, наполненные неподдельным восхищением, безмерным уважением и гордостью за свою страну, в которой есть милиция, по первому зову готовая прийти на помощь маленькой морской свинке...

* * *

— По итогам штабной проверки наш отдел признан лучшим в районе, — прочитав распечатку телетайпа, я с улыбкой передаю ее Георгию, — вот что значит хороший руководитель. Перенимай опыт.

— Скажи лучше, как тебе нашим стукануть удалось? Руководитель, — скептически ухмыляется напарник.

— Прошу не путать дешевого стукача с отличником российской милиции. Я наладил работу в отделе, провел грамотный инструктаж личного состава...

— Короче...

— Зеленую кнопочку видишь на телефоне? Который висит на твоем брюхе.

Жора опускает глаза и рассматривает переходящий мобильник «Нокия», врученный ему сегодня, как следующему ответственному по отделу.

— Именно ее я и нажал в самый нужный момент. Сразу после заявки продавца. Как ты, надеюсь, понял, звонил я снова в дежурку. Только ничего не говорил. Говорил Пименов. О том, как огребут все, если не уложатся в норматив. Он говорил, Михалыч слушал... Дальнейшее объяснять не надо. Прогресс на страже порядка. Так что своим благополучием Шишкин и все остальные обязаны не мне, а сотовой связи... В общем, никаких чудес. Хотя нет, было чудо... Как

Палычу за пять минут удалось домчаться с дачи до магазина, ума не приложу.

— Свинку-то нашли?

— Затоптали свинку в суматохе омоновским кирзачом. Пропало животное ни за грош. Хрен мне теперь корм со скидкой продадут. Одно радует, Пименов с премией обломится. Видел бы ты его портрет в тот момент. Полный сюр... Пикассо.

Звенит звонок местного телефона. Вызывает дежурная часть. Жора, как старший, срывает трубку.

— Так... Что за хренотень?.. Да пошли ты его... Туда и пошли! Сам улетел!

Напарник швыряет трубку.

— Прикинь, позвонил какой-то придурок, говорит, с балкона попугайчика украли! Волнистого! Прямо из клетки! А дежурный не знает, что делать.

— Волнистого? — задумчиво гляжу я на коллегу.

Тот, оценив мой взгляд, замирает в напряжении...

— Жорик, у тебя есть пять минут...

БРАТСТВО ПО ОРУЖИЮ

— Вот ты послушай,— Жора на ста десяти обошел «Икарус» и остался на левой полосе,— был я тут у сеструхи в гостях. У нее пацан, племяш мой, лет пять. Купил ему книжку в подарок. «Добрые сказки» называется. Там солянка — братья Гримм, Андерсен и прочая кодла. Картинки яркие. Племяш прицепился, почитай, дядь Жора, почитай... Ну ладно, садись, почитаю. Открываю первую сказку, про Мальчика-с-пальчика. Начинается: «У мужа с женой было семеро детей, но не чем было их кормить. Тогда задумали они отвести детей в лес и там оставить на съедение диким зверям». Вот это, блин, добрая сказочка! Родных детей — волкам голодным! Чего ж они столько нарожали, ежели кормить нечем? Самих бы в лесу к березе привязать! А детишки-шизофреники, вместо того чтоб в полицию заявить, маме с папой подарков из леса приволокли!.. Ладно, читаю дальше. Андерсен. Ганс-Христиан. Великий гуманист. «Большой Клаус и Маленький Клаус». Про двух братанов отмороженных. «Убил Большой Клаус бабушку топором и повез ее продавать...» Труп продавать, если ты не понял! Не, ты представляешь, это ж каким надо быть великим гуманистом, чтоб такое написать! Читайте, детишки, учитесь! Точите топоры, мочите бабушек. И дальше, что ни сказка, то жуть кровавая. Людоеды, разбойники, маньяки... Про кражи и «кидалово» я уж вообще молчу, они в порядке вещей... Что и говорить — доброта. За такие книги мясные срок давать надо. Сплошная пропаганда насилия! Причем в особо циничной форме! Действует на детское подсознание, как двадцать пятый кадр. А потом удивляемся, почему убийств так много и преступность растет. Что, я не прав? Назови хоть одну сказку без чернухи?

— Колобок.

— Хрен там! Сожрали Колобка! Статья сто пять!

— Красная Шапочка.

— Там вообще полный букет. Начиная с мошенничества, кончая двойной мокрухой.

— Жора, если не хочешь, чтобы случилась настоящая двойная мокруха, вернись на свою полосу.

— А, ну да...

Мелькнул указатель. До Ивангорода двадцать километров. Почти приехали, слава Богу. Предыдущую пару часов я был вынужден стоически переносить бесперебойную Жорину трескотню и порядком устал. Напарник может трепаться на любые темы, особенно, если собеседник не в силах смыться от него под благовидным предлогом. А из салона «Жигулей» на скорости сто километров в час особо не смоешься. Приходится терпеть.

— Ты в Эстонии не заблудишься, сказочник?

— Я в Эстонии, как Рэмбо в воде. Думаю, за десять лет, что я там не был, география не сильно поменялась. К тому ж мы едем в Нарву, а это практически русский город, всегда можно спросить дорогу... Что-то машин многовато попутных, боюсь, застрянем на границе часов на пять, а то и до утра. Крис сказал, без очереди там даже с мандатами не пролезешь.

В Эстонию мы с Георгием катим не на экскурсию по рыцарским местам. Но и служебной необходимостью наш вояж тоже не назовешь. Идем навстречу пожеланиям руководящего состава родного отдела милиции. А точнее — нашего идейного вдохновителя майора Стародуба, служащего в должности заместителя начальника по личному составу. Мы не слишком близки ему по духу и, признаюсь, не всегда добросовестно выполняем его мудреные указания, но в данном случае решили не отказывать в помощи.

У Ильи Викторовича Стародуба пропал племянник. В смысле, без вести. Молодой балбес девятнадцати лет от роду по имени Константин. Живет он в Питере со стародубовской сестрой, матерью-одиночкой. Студент, второкурсник. Парнишка себе на уме, старших не слишком слушает, с кем гуляет не рассказывает, хотя денег на ночные клубы просит регулярно. А в угол ставить поздно. Стародуб пытался воспитывать, но замполитовские методы для этого не уместны. Мать же балует, что тоже вполне объяснимо. У мальчика трудное детство, безотцовщина. Вот и добаловалась до ручки.

На мартовские праздники молодой Стародуб сорвался в Эстонию. Якобы к какому-то институтскому приятелю, в Нарву. На пару дней, оттянуться на сопредельной территории. Мать особо не возражала, денег дала. У приятеля там родительский дом, без крыши над головой детишки не останутся. Отправились они туда на рейсовом автобусе две недели назад, и с тех пор ни слуху, ни духу. Мобильного телефона у Константина нет, а адреса приятельского сын маме не оставил. Естественно, когда пошла вторая неделя, та заволновалась. Бросилась в институт, но там ее огорошили, заверив, что граждане Эстонии у них не учатся. Перелопатили анкеты всех студентов, но ни у кого родственников в Нарве не обнаружилось. Мать к Стародубу. Помогай сына искать, ни звонков от него, ни писем. Вдруг что на чужбине стряслось? Стародуб связался с пограничниками. Там подтвердили — Костя границу пересек, назад не возвращался. Виза оформлена туристической фирмой. В фирме развели руки — мы за клиентов не в ответе. Да, визу оформили, но поехал он в Эстонию не в составе туристической группы, то есть не по путевке, а частным порядком. С кем, понятия не имеем, мы по десятку виз в день делаем, разве всех упомнишь?

Стародуб в Эстонию позвонил, в Министерство внутренних дел, так и так, посмотрите скоренько, не находился ли труп племянника, тьфу-тьфу, не сел ли мальчик в тюрьму, не лежит ли в больнице в коматозном состоянии. В министерстве отнеслись с пониманием. Присылайте официальный запрос, желательно через Интерпол. Месяца через три дадим исчерпывающий ответ по всем пунктам. До звидания.

От племянника по-прежнему никаких сигналов. Мать в трансе, от телефона не отходит. И тут Стародуб вспоминает, что у его подчиненного, оперуполномоченного Георгия есть дальний родственник в эстонской криминальной полиции. Как раз в Нарве. Жора, в силу природной болтливости, такой отрадный факт скрыть от коллектива не смог. Стародуб к нему — выручай. Позвони родственнику, пусть хотя бы по учетам проверит, жив ли племяш? Жора, естественно, не отказался, даже не потому,

266

что начальник просит, а из чисто гуманистических соображений. Связался с Крисом, так зовут родственника, объяснил ситуацию, попросил помочь. Тот просьбу выполнил, проверил. Ни в морге, ни в больницах Нарвы и окрестностей Константин не зарегистрирован. Но, возможно, он доставлен в морг, как неопознанный, без документов. Таких довольно много, особенно по весне, когда сходит снег. И рыбаки находятся замерзшие и просто сердечники всякие. Надо проверять обстоятельно. Не исключено также, что Стародуба-младшего занесло в другой департамент. В тюрьме он вряд ли сидит. Оттуда бы обязательно позвонили родственникам.

Георгий доложил Стародубу. Замполит осерчал. «Очень надо этим чужеземцам искать какого-то питерского студента!» Но от этого не легче. Вторая неделя на исходе, с человеком явно что-то стряслось. Стародуб опять к Жоре. Давай сами сгоняем в Эстонию, определимся там на месте. В морг заглянем, больницы проверим, с погранцами потолкуем. Пускай твой Крис вызов пришлет, а паспорта я за один день оформлю. Все расходы беру на себя.

Отчего ж Жоре не прокатиться, особенно на халяву? Заодно и родственника навестит, со времен перестройки не виделись. «Конечно, конечно, товарищ майор, готов хоть завтра в эстонский морг». Утром в ОВИР побежал паспорт оформлять. Возвращается — Стародуб, точно лев разъяренный, по кабинету скачет. Комиссия очередная из Москвы приезжает, тусоваться и смотреть, как движется подготовка к юбилею города. Приказ всему командирскому составу, а особенно замполитам, в течение месяца рабочих мест не покидать, отпуска и командировки отменить. Жора тогда и предложил замену. Давайте, мы с Андрюхой съездим. За три дня управимся.

У меня вообще-то свои планы были, но когда человек в беде, я следую велению сердца. Тем более, Эстония не Хабаровск, всего два часа езды на машине. В тот же день я был в районном ОВИРе. Паспорта оформили без проволочек. Через день приглашение от Криса пришло с нарочным, визы в консульстве получили.

Ясным весенним утром выехали на служебных «Жигулях», заправленных за счет Стародуба, оставив любимый отдел без транспорта. Хромой «уазик» не в счет, назвать его транспортом язык не повернется. Накануне определили объем работ. Для начала морг, больницы, затем пограничный кордон. Вычислим всех, кто находился в автобусе, в котором ехал племянник. Дальше по обстоятельствам. Обычная, скучная оперативно-розыскная деятельность...

На горизонте показался Ивангород, основанный давным-давно, как последний рубеж земли российской. Приемник ловит эстонскую волну, на русском языке.

«Крайне оригинальный способ заработка нашли два жителя Ивангорода. Имея открытые визы, они переходили границу и под угрозой ножей отнимали у женщин ценные вещи и деньги. Сейчас оба злоумышленника задержаны префектурой города Нарва...»

Мы молча переглядываемся. Неужели обычные гоп-стопы в Эстонии крайне оригинальны? В таком случае это страна чудес...

Поток машин возрастает.

— Говорил, в ночь надо ехать. — Я указываю напарнику на обилие попуток.

— Ничего, проскочим. Я еще в дьютифри заглянуть хотел. Ленка заказала «Амаретто» и коньяка купить. Да и сигарет не мешало бы настоящих, пару блоков. Тем более там все дешевле.

— Стыдно думать о выгоде в столь ответственный час. Дай-ка лучше фотку племянника. На границе сразу покажем, может, вспомнят.

Жора лезет под мышку, через секунду на лице легкая тень озабоченности.

— Черт, пушку не сдал. Через кордон не пустят.

— Чепуха, в запаску спрячь, а еще лучше в местный отдел сдай. На обратном пути заберем.

— Логично. — Жора достает пистолет и прячет его под свое сиденье, затем протягивает мне фотографию Константина.

На меня смотрит худощавый, длинноносый тинейджер с прилизанными светлыми волосами.

— Это несвежая фотка, но Стародуб сказал, он практически не изменился.

— На него похож здорово.

— Еще бы. Родня же.

Миновав центр Ивангорода, мы въехали в пограничную зону, где возле первого же пропускного пикета нас ждала засада. Из полукилометровой вереницы машин всех мастей и калибров.

— Ты был прав, Андрюхин, — Жора трезво оценил ситуацию, — мы попали. Тут три таких кордона, на каждый по паре часов минимум... Чего они проверяют? Крис говорил, на пять километров границы по два пограничника и то без собак. Кто захочет, и так перейдет...

— Так, может, и нам? По льду. Он вроде еще не растаял.

После скоротечных дебатов, мы решили бросить машину возле местного отдела милиции и переходить границу пешком, благо для пешеходов проблемы очередей не существовало. Правда, по Нарве придется передвигаться на своих двоих, но Нарва не Нью-Йорк, можно и без тачки обойтись. Через час мы уже выходили из магазина дьюти-фри, груженные импортным алкоголем и никотином. Причем Жорина загрузка многократно превосходила предельно допустимые нормы.

— Фигня, — махнул рукой напарник, — с таможней договоримся. Подумаешь, десять блоков вместо двух. Я ж не спекулировать еду. Исключительно для личного употребления.

К слову сказать, деньги на поездку нам отслюнявил тот же Стародуб, попросив при этом представить отчет за каждую эстонскую крону, и пока я не знаю, каким образом Георгий собирается списать расходы на «Амаретто» и «Марлборо лайт». Лично я затаривался на свои кровные, отложенные на беззубую старость.

Договориться с таможней Жоре не удалось. Старый эстонский офицер, увидев выложенные для досмотра запасы, кровожадно улыбнулся и на ломанном русском заявил примерно следующее:

— Молодой человек, вы мало-мало оборзели...

Вероятно, он имел в виду «немного оборзели».

В ответ Георгий выдал еще более гениальную фразу:

— Да мы ж свои, брат! Из питерской милиции! Наш РУБОП недавно вашего таможенника за взятку прихватил! Помните?

Брат помнил. Поэтому Жора лишился не только контрабандного «Амаретто» и «Марлборо», но и был занесен в компьютер, как нарушитель таможенного законодательства. Теперь в ближайшем будущем получение визы в дружественную Эстонию станет для него большой проблемой. Если, конечно, он захочет туда снова поехать. Справедливости ради надо отметить, что положенный норматив моему компаньону оставили.

Когда мы переправляемся через речку Нарову по мосту дружбы, соединяющему живописные седые цитадели Ивангорода и Нарвы, контрабандист распечатывает купленную бутылку и делает пару глотков для успокоения возмущенной души. Я отказываюсь от угощения.

— Паленка польская, — заключает мой друг, но бутылку в речку не выкидывает, а прячет обратно в сумку. Вероятно, он знает толк в «Амаретто», раз различает оттенки вкуса именно польской подделки.

Сразу за мостом нас радостно встречает рекламный плакат с изображением высунутого по пояс языка и странноватой надписью «Учи эстонский — не умрешь с голоду». Неужели здесь это взаимосвязано? Тогда, боюсь, мы не дотянем до Питера. Кроме «тере» я ничего не знаю. Георгий наверняка не знает и этого.

На площади спрашиваем у краснощекой эстонской бабули, как пройти в полицию? Бабуля объясняет на русском, без всякого акцента. Даже как-то непривычно. Страна чужая, визы в паспортах, а люди свои. Правда, городской пейзаж заметно отличается в западную сторону. И даже вездесущих «Жигулей» почти не попадается. Я слышал, что Эстония рвется в НАТО, но это ее личное дело, я не собираюсь вмешиваться во внешнюю политику.

Управление полиции, или префектура, базируется в десяти минутах ходьбы от границы, и мы добираемся туда без особых приключений. За порогом нас неожиданно встречает привычная обстановка, как две капли «Амаретто» схожая с обстановкой в родном отделе. И там и тут крайне необходим ремонт, отчего сразу становится как-то по-домашнему уютно. Все-таки есть вещи, независимые от внешней политики и внутренней политики наших стран. И это согревает.

Крис заключает нас в крепкие и продолжительные объятия, словно мы связные, пришедшие с большой земли. Он наш ровесник, улыбчивый крепыш, совершенно не похожий на классического прибалта. Хотя, как пояснил мне до этого Георгий, в его жилах течет самая настоящая эстонская кровь. Крис — сын двоюродной сестры Жориного папаши. Сестра в семидесятых вышла замуж за эстонского инженера и переехала в Кохтла-Ярве, небольшой городок в окрестностях Нарвы. Где и проживает до настоящего момента. Крис буквально перед развалом Союза закончил Минскую школу милиции, вернулся на родину и устроился на службу в правоохранительные органы. Сейчас он дорос до старшего инспектора криминальной полиции префектуры Нарвы.

Минут пятнадцать уходят на разговоры об их общей с Георгием родне, но я и не тороплю, десять лет троюродные братья не общались в живом эфире. Еще полчаса на распитие остатков «Амаретто». За встречу. Крис заверяет, что подготовился к приему дорогих гостей, дома ждет достойный стол и баня. Живет Жорин брат вместе с женой и маленькой дочерью в Усть-Нарве, дачном местечке, в пятнадцати минутах езды от границы. У него там небольшой коттедж, купленный в долгосрочный кредит. Здесь такие покупки уже в порядке вещей. Не только на жилье, но и на все остальное. В коттедже мы и остановимся, чтобы не тратить стародубовские командировочные на трехзвездочный отель.

— Теперь к делу, — говорит Крис, когда последние остатки ликера начали растворяться в нашей крови, — вы очень удачно приехали, мужики.

— Мы всегда удачно приезжаем, — соглашается Георгий, поглядывая на вторую бутылку.

— Нужна помощь. Срочная, — Крис убирает стаканы в стол, — работы на полдня, не больше. А потом мы займемся вашим потеряшкой. Я думаю, он потерпит еще немного.

— Потерпит. Говори, брат.

— Вот какая проблема, — Крис оценивающе посмотрел на наши ментовские физиономии, — три недели назад у нас стряслось ЧП. У вас в Питере такое, может, в порядке вещей, а для Нарвы событие. Есть здесь склад оружейный. Раньше ДОСААФу принадлежал, потом партия одна его к рукам прибрала. Националистическая. Хотели они народные дружины вооружать для борьбы с оккупантами. Потом, конечно, угомонились, но склад так себе и оставили. Соответственно, и бардак там остался. Один сторож, и тот вечно пьяный...

— Что, склад обнесли? — догадывается напарник.

— Точно. Сторожа связали, кляп в рот, и семьдесят «калашей» как не бывало. Ну еще по мелочи — несколько гранат, десяток пистолетов, пару ящиков с патронами... Со слов сторожа, налетчиков двое, в масках. Других примет нет. На синем «пассате»-пикапе без номеров оружие вывозили. Мы, конечно, из-за этого на ушах стоим, бригада из Таллина приехала...

— Сторожа колоть надо! — уверенно заявляет проницательный Жора. — Однозначно, в доле!

— Кололи, — кивает Крис, — но, похоже, он не врет... Шорох мы здесь навели, но никого не зацепили. В эту среду я со своим человеком встретился. Человек грешит контрабандой, у нас это актуально, поэтому вхож в высокое общество.

— А у вас после получения независимости стучать не запретили? Это ведь гнилое наследие.

— Даже если запретят, куда ж без стука? Демократия демократией, а жуликов ловить как-то надо. Так вот. К человеку обратился один приятель. Дважды судимый. Дескать, есть люди, готовые выгодно продать партию оружия. Судя по всему, как раз наши автоматы. Ищут покупателей, лучше из России. Сами люди не здешние, не из Нарвы. Скорей всего из Таллина. Человек сказал им, что попробует найти. Трогать приятеля мы пока не стали, чтобы не вспугнуть. Колоть его тоже нельзя, во-первых, человека подставим, во-вторых, никаких гарантий, что расколем. Оружие тут же перепрячут.

— Логично, — дружно киваем мы.

— Вчера они снова встречались. Человек сказал приятелю, что нашел людей. Двоих из России. Готовы встретиться, обсудить. У них есть возможность перекинуть стволы через кордон. Это на самом деле небольшая проблема. Граница далеко не на замке.

— Не сказал бы, — мрачно возразил Георгий, — лишний пузырь не пронести.

— Это на таможне. Пограничники здесь ни при чем. Короче говоря, встречу назначили на завтра, в крепости, возле памятника Ленину. Его туда с центральной площади перетащили. Из наших идти никто не может, городок маленький, все друг друга в лицо знают. Из Таллина просто так не вызовешь, начальство согласованиями замучает. Да и вообще, о таких вещах начальству раньше времени лучше не докладывать. Вот я человеку и сказал, чтоб к вашему приезду встречу назначил.

— То есть ты предлагаешь нам сходить? — уточняет Жора.

— Выручайте, мужики. Там ничего сложного. Главное, выяснить, где они оружие держат. Встретитесь, скажите — пока стволы не заценим, никаких денег. Все логично. А мы на хвост сядем. Как отмашку дадите, компанию задерживаем. И оружие найдем и человека своего отставим. Пусть думают, откуда утечка пошла. Может, из России... Ну что, поможете? А вашего Костю мы с мужиками за день отыщем, если он в Эстонии.

Мы с Жорой переглядываемся. Вроде бы действительно ничего сложного, обычная комбинация. С другой стороны стволы — не наркотики и не валюта фальшивая. Из них стрелять можно. А ну как после команды «Руки вверх» кто-нибудь за чеку не дернет? Но ронять марку питерской милиции не к лицу.

— Поможем, брат,— отвечает за нас двоих знаток польского «Амаретто».

— Отлично. Спасибо, мужики... Вы не волнуйтесь, мы прикроем, как надо. В конце концов, общее дело делаем. Если стволы в Россию уйдут, вам работенки прибавится.

— Не уйдут. Возьмем шкурников с поличным.

— Не сомневаюсь. Теперь запоминайте легенду. Вы оба из Питера. Работаете в бригаде. В какой, сами выберете, вам лучше знать.

— Свологодские мы. Вася Рогов пахан. Вариант проверен,— заверяю я*.

— Хорошо. Приехали на машине, но границу перешли пешком.

— Так, кстати, на самом деле и есть.

— Деньги оставили в надежном месте, на встречу их, разумеется, не взяли. Хотя при таком варианте есть опасность, что они

---

* События описаны в рассказе Андрея Кивинова «Карамель».

не покажут, где оружие. Привезут один автомат на пробу, и все.

— Так, может, взять с собой? — предлагает Георгий.

Похоже, молекулы «Амаретто» полностью смешались с лейкоцитами напарника. Нас прикончат, едва мы заикнемся, что деньги в кармане. Крис согласен с моим тайным мнением.

— Нельзя. Мы не знаем, что это за люди.

— Фигня! — машет рукой осмелевший в конец Георгий.— Мы их так конкретно загрузим, дышать в нашу сторону бояться будут! Скажем, не дай Бог что стрясется — братва из Питера приедет, живьем похоронит!

Героизм друга не знает предела. Ликер, видно, все-таки настоящий.

— Деньги-то у вас есть? — небрежно спрашивает он.

— Достанем. У таможни одолжим. Или вон фальшивых мешок в углу. Но это опасно, Жор. Вы же пойдете без оружия.

— Но вы будете нас прикрывать! Не бойся, Крис, державу не опозорим, голыми руками возьмем.

— Хорошо, на всякий случай деньги возьмите, но без крайней нужды не показывайте, — чуть подумав, согласился Крис. — Значит, завтра в десять утра вы подходите к памятнику. Возьмите по газете, чтоб вас узнали. Тебя, Жора, зовут Герасим.

— Как?!

— Это человек придумал. Не знаю, почему, он выбрал такие странные имена. Герасим и Филипп.

— То есть мне достался Филипп, — констатирую я.

— Да. Кто-то из них подойдет к вам и спросит по именам. Моего человека на встрече не будет. Дальше действуйте по обстановке. Главное, чтобы они сказали, где оружие. А лучше показали. Не исключено, вас будут проверять, поэтому паспорта оставьте у меня.

— Пускай проверяют, — опять пижонит Георгий, — проверялку сломают.

— Я дам маячок, — продолжил Крис, — если вас посадят в машину, а, скорей всего, так и будет, мы прицепимся сзади. Сейчас поедем ко мне, и сегодня придется посидеть дома.

— А есть с чем посидеть?

— Я же подготовился. Но завтра надо быть в хорошей спортивной форме...

— Будем.

До Усть-Нарвы мы добираемся на темно-синей «мазде» с тонированными стеклами. Машина тоже куплена Крисом в кредит. По дороге говорим о самом важном — сравниваем зарплаты эстонских и российских детективов. После озвученной Крисом цифры нам становится стыдно за великую державу. Хотя эстонский коллега, считает, что тоже работает за копейки. В смысле, за центы. При этом уровень преступности с питерским не сравнить. Хорошо, если два убийства в год, а так в основном мелочевка. Еще он рассказывает, что здесь нехватка русскоязычных полицейских. Чтобы занимать должность на государственной службе, надо знать язык. А учить его нашим бывшим соотечественникам совсем не интересно, многие и родной-то плохо знают. Сам Крис свободно болтает на двух языках, поэтому ему не грозит голодная смерть, и улыбается дослужиться до префекта республики.

Мы жалуемся на коррупцию в системе, про безобразные явления, наблюдаемые в ее некогда стройных рядах. Все, мол, потихоньку встают на коммерческие рельсы, и осталось лишь два неподпорченных ржавчиной коррупции бойца. Герасим и Филипп.

— Прикинь, Крис, — возмущается Георгий, — мне тут звонит один умник из соседнего района и спрашивает, у тебя на земле такого-то числа угон «мицубиси» был? Ну был, отвечаю. А он мне: с тебя штука баксов, и я говорю, где тачка. Я чуть со стула не упал. Ты чего, родной, совсем сбрендил? Нам, банкирам, до получки бы дотянуть без потерь. Сосед ржет — так ты с терпилы две сними! Учить, что ли, надо? Как будто не в ментуре работаешь. Он «мицубиси» наверняка не на последние купил! Отдаст и «спасибо» скажет!

— И что? — оборачивается Крис. — Отдал?

— Не стал я вписываться. Дал хозяину тачки телефон этого благодетеля, пускай сами договариваются. Но через два дня хозяин за документами уже на машине приезжал. Значит, договорились.

Я был свидетелем этой истории и могу засвидетельствовать правдивость слов моего друга в любом суде.

— А недавно еще конфуз случился,— продолжает обличать Георгий, найдя в лице Криса очередного вынужденного слушателя, — мужики из военно-спортивного клуба учебные автоматы перевозили. На «Жигулях». И меня взяли на всякий случай. Чтоб у ГАИ лишних вопросов не возникало. У мужиков вид героический, словно только из Панкисского ущелья спустились. Тормозит нас летеха один, интересуется, везем ли что запрещенное? Да, отвечаю — везем! Полный багажник автоматов. Он лыбится, думал, шучу. Ладно, покажите ваши автоматы. Выходим, открываем. У него паралич на лице. Захлопывает багажник и шепчет: «Мужики, я вас не видел, вы меня тоже». Хорошо, хоть денег не попросил...

— Жора, — настороженно уточняю я,— а ты уверен, что это были учебные автоматы?

— Мужики сказали, да...

Крис предпочитает не выносить сор из собственной избы, заметив лишь, что дорожному полицейскому в Эстонии давать взятку бесполезно и даже наличие в кармане удостоверения и жетона не спасает от внушительного штрафа. Георгий саркастически заявляет, что, может, и бесполезно, если давать мало, а уж насчет жетона он никогда не поверит.

Словно по заказу напарника, нас тормозит человек в синей форме с радаром в руке. Крис чертыхается. За разговорами немного превысил скорость. Выходит из салона. Жора выскакивает следом. «Ну давай поглядим, полюбуемся на вашу неподкупность, господа».

Господа общаются на эстонском. Крис, судя по интонации, виновато оправдывается, затем нехотя достает жетон. Местный гаишник никак на жетон не реагирует, в свою очередь, показывая на радар. Не так, кстати, много и превысили, километров на десять. В результате недолгого диспута один господин выписывает другому талон. Вероятно, о внесении определенной суммы в бюджет республики. Крис неподдельно расстроен. Жора неподдельно смущен. Хотя сомнения остаются. Господа могли разыграть трагикомедию специально для русских зрителей...

Дом у Криса деревянный, двухэтажный, в состоянии косметического ремонта. Участок с соснами и гранитными валунами.

Сбоку пристроена банька. В каждом штрихе интерьера чувствуется тлетворное влияние Запада. Жена Криса с дочкой специально уехали к матери, и коттедж в нашем полном распоряжении. Крис отзванивается начальству и докладывает, что русские детективы к операции готовы. На всякий случай просит заказать бригаду «К-9», это что-то вроде нашего ОМОНа. Затем предлагает сесть за обеденный стол и в деталях обсудить план завтрашних действий.

Что мы с удовольствием и делаем...

* * *

Утром следующего дня, ровно без пяти десять мы с мужественным Георгием, напоминающим засохший плавленый сырок, перемалывая весеннюю слякоть и сжимая под мышками по газете «Наша Эстония», подтягиваемся к памятнику великому вождю, не сброшенному наземь с пьедестала после перестройки, а заботливо перенесенного за крепостную стену. Мужество Георгия заключается не в том, что он согласился рисковать жизнью, взяв с собой деньги, а что вообще смог сегодня подняться после вчерашнего заседания оперативного штаба.

Правда, по пути он задал интересный вопрос, а куда мы, собственно, идем? И откуда в его кармане две толстые пачки долларов? Я, как сумел, объяснил. «Главное, Жорик, запомни — меня зовут Филипп, как Киркорова. А тебя Герасим. Как Му-му». Не подумайте, что Георгий бытовой пьяница или, Боже упаси, алкоголик. Все дело в атмосфере. Воздух заграницы необыкновенно пьянит и расслабляет. Мы с Крисом, в отличие от напарника, не так чувствительны к атмосфере. К тому ж водку с «Вана Таллином» не мешали.

На представителей серьезной бригады мы, если честно, не очень похожи. От нас за версту разит жидким бюджетным содержанием. Хорошо хоть прошли добрые времена голдовых цепей, малиновых пиджаков и бритых затылков, а то прохожие просто подняли бы нас на смех. Но дело даже не в прикидах. «Я опера узнаю по походке...»

Прохожих, правда, никого, место для встречи выбрано грамотно, засаде спрятаться негде, разве что в историческом музее напротив. Кстати, наверняка кто-нибудь из коллег там заседает. Маячок Крис доверил мне. Он спрятан в брелке от автомобильной сигнализации. Никаких подозрений. В нужный момент достаточно нажать на красную кнопочку, что послужит сигналом к штурму. Сам Крис сейчас в машине по ту сторону стены прослушивает эфир. Надеюсь, он не уснет.

Не скажу, что очень сильно волнуюсь. Все-таки сказывается солидный опыт. Обычное внедрение, каких у любого добропорядочного опера, как в Эстонии сыра. Хотя на последнем внедреже, месяц назад, приключилась драма. Ловили мы одного налетчика, решили выманить на встречу. Старым проверенным способом. Его бригада пару магазинов прикрывала на нашей земле. Мы с Жорой в магазин под видом братвы. Так и так, мы новые герои, платить теперь будете нам. Расчет понятен — хозяин позвонит крыше, и нам назначат рандеву, куда наверняка приедет и наш ковбой. Так и случилось, хотя наивно считается, что время «стрелок» прошло. Оно никогда не пройдет, потому что ничего более оптимального для выяснения отношений человечество не придумало. Прибыли мы с Жорой и Борюсиком к назначенному часу в условленное место, нас уже ждет пара броневиков с экипажами. Выходят. Налетчик наш тут же. Мы обрадовались, за стволами и «браслетами» полезли. И в это время из второго броневика выползает заместитель начальника нашего РУВД по кличке Коррумпированный Петербург. Важный такой, при погонах. Сначала стушевался, а потом сориентировался по-быстрому и давай на нас орать, словно Жириновский под стаканом. «Ах вы, подонки, скоты! Крыши магазинам ставите! Завтра же на гражданку к чертовой матери!» Слава Богу, накануне мы про операцию Шишкину доложили, своему непосредственному шефу, и он нас отбил от напрасных обвинений. А то сидели б сейчас в следственном изоляторе и перестукивались. Самое обидное, ковбой под шумок свалил, до сих пор его не поймали. А Коррумпированный Петербург через неделю досрочную звездочку получил. За выдающиеся достижения в борьбе с организованной преступностью...

Надеюсь, сегодня к нам не подойдет какой-нибудь Коррумпированный Кохтла-Ярве и не сорвет забег. Подтолкнув Георгия, склонившего голову на постамент, я смотрю на часы. Время пошло. Просыпайся, брат.

— Здорово, мужики. Вы не Герасим с Филиппом?

Я оборачиваюсь на голос. Коренастый богатырь лет двадцати торчит в метре и придирчиво любуется нашими туманными ликами. Я даже не заметил, как он подошел, хотя дорожка к памятнику одна и не заметить это невозможно. Пора к окулисту.

— Привет, — отзываюсь я, как наиболее активный член команды, — угадал. Филипп это я, он — Герасим.

Жора громко икает в знак согласия. Как бы маячок не заглушил.

— Гарик. — Богатырь протягивает руку для пожатия. — Ну что, пойдем в тачку? Димон сказал, вы свою в Ивангороде оставили?

Димон, вероятно, человечек Криса.

— Да. Так удобнее.

К машине мы ползем не через центральные ворота, а какими-то окольными путями вдоль берега. Минуем каменного льва на длинном постаменте. Лев размером с кошку. Гарик любезно поясняет, что это памятник в честь победы шведов над Петром. Шведами здесь и поставленный. Герасим плохо переносит пересеченную местность, и я вынужден его физически поддерживать.

— Что, оттянулись вчера? — сочувственно интересуется экскурсовод после легкого Жориного кульбита.

— Да, есть немного... На той неделе в переделку попали, пострелять пришлось. Едва живыми ушли. Все оклематься не можем.

Роль сказочника-грузилы мне тоже придется взвалить на свои дистрофические плечи.

— Понимаю, — уважительно кивает богатырь, — у нас пивко в машине есть. Свежее.

По пути он рекламирует качество продаваемого оружия, мол, не китайское барахло, а самый настоящий советский военно-промышленный комплекс. И мы не пожалеем о потраченных долларах. Я в ответ заверяю, что за нами стоят серьезные люди из Москвы, и если они заметят брак, последствия будут страшными. Если же не заметят, взаимовыгодную торговлю можно продолжить. Герасим в разговор не встревает, и слава Богу. Лишь бы деньги не потерял. Деньги, кстати, фальшивые, местного эстонского производства, но сделаны на совесть.

Машина спрятана на одной из прилегающих к крепости улочек. Синий чемоданоподобный «фольксваген-пассат» с помятым крылом и эстонскими номерами. Агрегат десятилетней давности. Да, похоже, мы близки к цели. Гарик просит нас подождать, сам бежит к машине и рапортует кому-то о прибытии. Спустя минуту из «пассата» выпрыгивают еще два бравых окорока. Скажу прямо — в эту минуту я крайне пожалел, что мы взяли деньги с собой, а оружие, наоборот, оставили. Титаны рестлинга по сравнению с ними — жалкие гномы. И, несмотря на молодость, они могут свернуть нам шеи, не прибегая к подручным средствам. Я кручу головой по сторонам, но обещанного прикрытия не замечаю. Если это, конечно, не бабуля, играющая с внучкой на детской площадке. Неужели нас потеряли?.. Ребята тем временем, белозубо улыбаясь, подходят к нам и начинают трясти руки, словно мы подарили им по «мерседесу». Богатырям, как и Гарику, лет по двадцать, из чего я делаю вывод, что организованная преступность в Эстонии заметно помолодела. Какие выводы делает напарник, я не знаю. По-моему, он так и не вспомнил, куда пришел. Я представляюсь за нас обоих.

— Филипп. Герасим.

— Антон. Тыну. Хорошо ли топраллись?

Как я понимаю, Тыну коренной бандит. В смысле, местный. Помимо имени, его выдают акцент и скандинавская внешность. Антон же типичный русак с картофельным носом. Это еще раз говорит о том, что преступность не имеет национальности. Братство по оружию.

Нас приглашают в «пассат», где уже ждут открытое пиво и фисташки. Очищенные. Гарик остается снаружи контролировать обстановку. Я заталкиваю Георгия на заднее сиденье, несмотря на предложенное ему переднее. Сам сажусь рядом. Так хоть не задушат. От пива мы не отказываемся. Надо четко следовать выбранной легенде. Когда формальности улажены, Антон чуть стеснительно интересуется:

— Мужики, у вас деньги с собой?

Жора молчит. Возможно, он не понял вопроса.

— А стволы у вас с собой? — парирую я.

— Стволы рядом, на хуторе, минут двадцать езды.

— И деньги рядом.

— Так, может, захватим сразу, чтобы два раза не гонять?

Несмотря на миролюбивый настрой коммерческих партнеров, я не рискую сказать правду. Еще успеем.

— Двадцать минут не двадцать часов. Сделаем так. Сейчас смотрим стволы. Если никаких претензий, возвращаемся, и мы отдаем бабки. Потом забираем товар. Идет?

Поставщики опасливо переглядываются. Я их где-то понимаю. Мы пацаны крутые, достанем пушки из-под курток и заберем автоматы даром. Но они нас тоже должны понять. По тем же самым причинам.

— Мы люди порядочные, — успокаиваю я братьев по оружию, — в жизни никого не кидали. Все по «чесноку» будет. Без доверия — это не бизнес, а надругательство. Верно, Гера?

Гера молчит. Он и на Жору-то плохо реагирует, а уж на постороннее имя... Да, это моя ошибка.

— Он согласен, просто неважно себя чувствует. Лучше его вообще не трогать. Ну чего, едем?

— А на чем вы стволы повезете? — уточняет заботливый Антон.

— На рейсовом автобусе, в багажном отсеке... Вам же передали, что кордон — наша проблема.

— Та, та, — кивает Тыну и включает зажигание.

Гарик прыгает в машину.

Пропетляв по городу, мы выходим на трассу и двигаемся вглубь от границы, мимо разработок сланца, оставшихся с социалистических времен в воде огромных бородавок на эстонской земле. Транспорта мало, и прицепить к нам «хвост» будет достаточно сложно. Я провожу политинформацию о криминальной жизни в России, рассказываю о своем боссе по имени Вася Рогов, человеке, подмявшем под себя половину Питера. Ребята внимательно слушают и молча кивают. Жора-Герасим, уронив голову на стекло, мирно спит.

Закончив с политинформацией, я осторожно заглядываю в боковое зеркало. Пусто, как в вакууме. Боюсь, эстонские коллеги нас прозевали. Если это случилось, никакой брелок не поможет, жми кнопочку, не жми. Придется, как всегда, взваливать все самое сложное на свои и Герасима плечи.

Тыну поворачивается и, улыбаясь, словно халдей в центровом ресторане, предлагает:

— Мо-о-жет, еще пифа?

От знакомого слова Герасим вздрагивает, озирается по сторонам и, увидев знакомое лицо, спрашивает:

— Андрюха, а где это мы?

Ба-а-а-лин-н!!! Вот из-за подобных мелочей и проваливаются с треском самые грандиозные операции, взрываются атомные станции и падают самолеты. Лучше б ты немым был, брат Герасим. И глухим.

Смотрим, как реагируют на досадный прокол продавцы. Пока никак. Может, повезло — не расслышали? Не дав напарнику повторить вопрос, я строго спрашиваю:

— Долго еще?

— Не-е-т. Сейчас пофорот и сра-а-зу терефня.

«Пассат» уходит с трассы и начинает штурмовать сельскую местность. Вдали виднеются мрачноватые заброшенные строения.

— Там раньше терефня пыла, — начинает экскурсионную программу Тыну, — потом народ разбежался. Нефыгодно жить.

Это не есть хорошо. Совсем не хорошо. Не потому что разбежались, а потому что в терефне никого. Помощи ждать не откуда... За нами, между прочим, никто не едет, вертолетов в воздухе не наблюдается, и я окончательно убеждаюсь, что мы в поле одни. И без оружия. «На трибунах становится ти-и-ше, олимпийская сказка, прощай...» Герасим молчит, вероятно, ковыряясь в закоулках памяти.

Еще километр по чернозему, перемешанному с последним снегом, и мы у цели. Место унылое и непривлекательное до икоты. На стене полуразвалившегося дома приветливые каракули «СМЕРТЬ АКУПАНТАМ». Так и хочется у кого-нибудь спросить, есть ли в деревне фрицы? Я, конечно, за право наций на самоопределение, но, глядя на пейзаж, невольно задумываюсь, а стоило ли?.. Впрочем, в наших деревнях картина не лучше, чего уж правду скрывать.

Обогнув коровник без крыши, мы прорываемся по плохо утрамбованной колее к последнему дому на улице. Явно необитаемому. Со двора взмывает стая ворон и с веселым карканьем разлетается по полям. Передали б, что ли, нашим, куда нас занесло. Что без дела каркать?

— Все, приехали. Выходите.

Георгий потирает шею и радует меня очередным пируэтом:

— Что-то шея затекла. Андрюхин, потри вот здесь.

Я тебе обязательно потру... Потом. Ты, видно, очень хочешь в эстонском черноземе насовсем остаться, Штирлиц недоделанный. Пропасть без вести, как стародубовский племянник.

Никак не отреагировав на просьбу Герасима, я покидаю салон «Пассата» и иду за хозяевами в дом. Холодный весенний ветер гладит лицо, словно крупный наждак. Тыну отпирает навесной замок и вежливо уступает нам дорогу, продолжая улыбаться:

— Пожал-луста...

Мне даже как-то неловко из-за такой вежливости. Никакой враждебности в поведении торговцев смертью пока не наблюдается. Наоборот, такое ощущение, что они готовы услужить нам от чистого сердца. То ли от моей политинформации, то ли от счастья, что, наконец, нашли покупателей. Второе вернее. Мы проходим внутрь заброшенного дома. Окна в комнате забиты досками, поэтому Тыну зажигает керосиновую лампу и вешает ее на вбитый в стену крюк. Да-а, симпатично здесь. Парочки скелетов по углам не хватает с дырками в черепах или башки отрезанной в углу. Хижина дяди Тыну.

— Я сейчас, потожтите.

Тыну, светя фонариком, лезет в погреб. Гарик тихонько стучит мне по плечу и знаком предлагает отойти в сторонку. Отходим.

— Чего?

— Слушай, а почему тебя Гера Андреем называет? Ты ж Филипп.

Хороший вопрос. Я б сам спросил.

— Тихо, тихо. — Я подношу палец к губам, — Герка малеха не в себе, на разборке гранатой контузило. С тех пор с памятью полный аут. Он меня как только не называет. И Андреем, и Лешей. А иногда даже сестрой.

Гарик опасливо косится в сторону напарника.

— Его, главное, не трогать, и все в порядке будет. Вот если переклинит, тогда беда. А так он мужик спокойный, веселый, так что не обращайте внимание.

Гарик понимающе кивает. Мы возвращаемся в коллектив. Антон контролирует дверь, раз в секунду выглядывая наружу. Тыну ковыряется в погребе. Наконец появляется, обвешанный автоматами, словно партизан с трофеями.

— Вот... Я выпрал на удачу, хотите, возьмите еще.

— Этих достаточно,— киваю я, нажимая в кармане заветную кнопочку на брелке. Хотя понимаю, что это бесполезное занятие. Радиус действия у таких игрушек не более километра.

Тыну складывает автоматы на пол, один протирает чистым носовым платком и протягивает мне.

— Пожа-а-луста. Проферяйте.

Что ж, ни «К-9», ни «К-10» пока не пахнет, придется тянуть время. Беру автомат, произвожу неполную разборку. Автомат как автомат. Я подношу оружие к лампе и с умным видом принимаюсь изучать каждую деталь. Коллектив с пониманием следит за моими манипуляциями. Понюхав напоследок магазин, я собираю автомат и делаю контрольный спуск.

— Да, неплохой ствол.

— Очень, очень хороший. Не Китай. Никаких осечек, — активно кивает головой Тыну.

— Маде ин СССР, — поддакивает от дверей Антон, — мы очень задешево отдаем. Двадцать тонн за семьдесят автоматов, это почти даром.

Самое интересное, я абсолютно не знаком с расценкам на черном рынке. Ни на нашем, ни, тем более, на эстонском. Но меня наконец выручает Герасим.

— Заметано, брат. Берем все.

— Минутку, — я задумываю гениальный ход, — надо бы опробовать. Патроны есть?

— Конешна. Пойтемте.

Мы выходим обратно во двор, Тыну собственноручно заряжает рожок, протягивает его мне, а сам бежит к остаткам штакетника. Поковырявшись в снегу, извлекает из грязи старый резиновый сапог и водружает его на столб. Как я понимаю, в качестве мишени.

Передернув затвор, я целюсь, даю залп очередью, но промахиваюсь. Но мне это и не важно, главное, чтобы нас услышали те, кому положено.

— Дай-ка сюда,— Жора отнимает у меня автомат и, прищурившись, открывает беглый огонь от бедра. Тяжело раненный штакетник окончательно заваливается на землю вместе с сапогом.

— Учись... На стрельбы ездить надо.

Вот обязательно ему комментировать. Вильгельм Телль. Хорошо, если господа не знают, что такое стрельбы. Для непосвященных объясняю, раз в полгода мы ездим в тир сдавать зачеты. Это и называется «стрельбы». Я последнее время данное мероприятие игнорировал.

— У вас вся партия здесь? — уточняю у Тыну.

— Та, та, конешна...

В принципе, наша миссия выполнена. Где оружие — установлено, налетчики тоже. Правда, не вывели из-под удара секретного человека, но такой задачи нам и не ставили. И раз группы захвата не появилось, остается спокойно возвращаться за деньгами. Только куда? Не в префектуру же? Мы с Крисом такую ситуацию не предусматривали, а поэтому не обговаривали.

Черт! Упустим компаньонов, а то и сами по пуле получим за подлый обман. Или контузию от гранаты. На сей раз настоящую контузию. Ничего не остается, как ждать. Только чего? Незаметно сюда даже ниндзи-черепашки не подберутся, а уж про спецслужбы и говорить нечего, какими бы крутыми они ни были. У ребят полный погреб железа, займут круговую оборону, хрен подступишься.

— Ну что, берете? — Тыну прерывает мои логические рассуждения.

— Берем. Нормальные стволы.

Эстонский компаньон, по-прежнему улыбаясь, лезет в карман куртки и достает «лимонку».

Ох, мама! Все-таки прокололись! «И мое сердце остановилось, мое сердце замерло...»

304

— Это фам,— Тыну протягивает мне гранату,— бесплатно. Сюрприз. Как это говорится — бонус.

«...Отдышалось немного и снова пошло». Ты б ее еще ленточкой перевязал подарочной, Санта-Клаус.

Я благодарю доброго Тыну и трепетно принимаю гранату. Герасим собирает гильзы, чем, наверно, вызывает некоторое удивление у собравшихся. Один я понимаю, что это ментовская привычка. После стрельб гильзы требуют сдавать, во избежание утечки боеприпасов. Пара смелых ворон катаются со скользкой крыши на лапах, словно с ледяной горки, не обращая на происходящее ни малейшего внимания.

Тыну исчезает в своей хижине, сказав, что положит автоматы на место и тут же вернется. Гарик начинает предлагать мне плотские удовольствия на предстоящий вечер. Культурная программа не отличается оригинальностью. Алкоголь, баня и продажные женщины. Нет, чтобы в исторический музей пригласить. Я в целях конспирации соглашаюсь. Подчеркиваю — исключительно в целях конспирации.

Однако женщины и алкоголь это замечательно, но что делать сейчас? Возвращаться в Нарву?.. Я прислушиваюсь. Кроме отдаленного карканья — ничего. Антон не проявляет никакой агрессии, наоборот, его узкие глазки наполнены детской радостью. «Наконец-то продали...»

Покручивая на пальце ключи, на пороге появляется Тыну, принимается запирать замок. Просит Антона поджать дверь, та сильно скособочена и не встает на место. Гарик закуривает...

И в этот момент...

Нет, никто не выскочил из-под земли и никто не свалился с неба. Это было бы слишком фантастично и неправдоподобно...

— Всем стоять! Руки на стену! Милиция!

Угадали, кому принадлежит голос? Правильно, серьезному парню Герасиму. Широко раскинув ноги, он прижимает к плечу автомат и целится в застигнутых врасплох компаньонов. Признаюсь честно, я сам испугался его грозного баса и в первую секунду тоже хотел бежать к стене. Но вовремя спохватился. Вороны на крыше замирают. Ну, Герасим, ты и коварен...

Тыну с Антоном, не двигаясь, осторожно оглядываются назад.

— Ты чего, братишка?

— Эстонский волк тебе братишка! Андрюха, обыщи их!

Гарик спокойно продолжает курить, будто ничего не произошло.

— Спокойно, мужики. Филипп сказал, Геру клинит иногда. Контузия. Его не трогать, главное. Какая тут, в задницу, милиция?

— А-а-а-а,— успокаиваются ребята, опуская руки, — бывает. Гер, мы свои, свои... Опусти автомат.

Жора с немым укором глядит в мою сторону, не опуская оружия. Интересно, что он собирается делать дальше?

— Я сказал, к стене!

Гремит залп, летят щепки.

Я машу руками, мол, лучше не спорить. Делайте, как велено. Гарик нехотя выбрасывает недокуренную сигарету и встает к стене.

— Филипп, ты его успокой, блин. Нам еще за деньгами ехать, да и поляну с баней приготовить надо.

Не перестану удивляться, насколько оптимистичен человек по своей природе.

Всегда верит в лучшее. Так, наверно, и должно быть.

На всякий случай достаю подаренную «лимонку».

— Я не Филипп.

— Я вообще-то тоже не Антон... Какая разница? Мужики, правда, время дорого. Поехали.

Я не успел отреагировать на услышанное, потому что в этот момент...

Да, вот теперь это не кажется фантастическим и неправдоподобным... Иногда они появляются...

Во двор врываются люди в черном. «Команда-9». По всему фронту атакуют противника, не давая ни малейшего шанса на сопротивление. Демократия в действии. Смерть оккупантам! Нет, что ни говори, еще много общего у наших народов... И никакими визами нас не разделить.

Когда несчастного, едва дышащего Тыну грузят в машину, он бросает на меня детский, обиженный взгляд. «Ну как же так? Мы вам гранату подарили, от чистого сердца, а вы?»

Скажу откровенно, мне немного становится стыдно, и я опускаю взгляд на окровавленный снег...

***

— Вы извините, мужики, — Крис наливает нам обжигающий кофе, — я брелок проверить забыл. Там батарейка слабая. По улицам мы вас немного поводили, а на трассе потеряли. Машин мало, прижиматься опасно, заметили б они. КПП вы не пересекали, значит, где-то за рудниками свернули. Там есть пара деревень. На повороте следы свежие. Стали прикидывать, что делать, а тут стрельба. В машины попрыгали — и к вам.

— Вовремя. Мы уже хотели их кончать, — Жора добавляет в кофе ликер, — с вас четыре бутылки «Ванна Таллина».

— Почему четыре?

— Таможня. Больше нельзя.

— Никаких вопросов, сделаю. Я с шефом договорился, вечерком в тир прокатимся, постреляете, из чего душа пожелает. У нас там целый арсенал. А хотите, в Таллин на экскурсию свозим. Ладно, пока отдыхайте, я послушаю, что там эти говорят.

Крис оставляет нас наедине, сам уходит в соседний кабинет работать с задержанными разбойниками. Мы пьем кофе и молчим. Так бывает после напряженного трудового дня.

— Интересно, у них есть показатели? — я прерываю молчание.

— А как же. Вчера ж Крис объяснял. Коэффициенты какие-то, он еще сам не разобрался. Куда ж без показателей? Миром правит статистика.

— Стародубу надо б позвонить. Волнуется, наверно. Скажем, что активно ищем, но пока тишина.

— Звони.

Я набираю номер на служебном телефоне Криса и докладываю начальнику, что племянник не найден, несмотря на интенсивные меры. Да, да, вся эстонская полиция на ушах, будем связываться каждый час.

Я кладу трубку. Возвращается Крис с глубокой озабоченностью на лице. В руках чей-то российский паспорт.

— Мужики... Он нашелся.

— Кто?

— Потеряха ваш... Вот.

Крис протягивает мне паспорт. Открываю. Картофельный нос Антона. «СТАРОДУБ КОНСТАНТИН...»

Да, он же говорил, что не Антон. Интересно, какие еще сюрпризы принесет нам эстонская земля? Я протягиваю паспорт Гераси... тьфу ты, Георгию. Тот пытается решить головоломку, но, как и я, ответа не находит.

— Тыну действительно учился в Питере, в техникуме, но ушел с первого курса. Со Стародубом они приятелями были, в ночном клубе познакомились. Три недели назад позвонил ему, так, мол, и так, есть отличный вариант. Стародуб приехал в Нарву, они на пару склад и накрыли. Оружие сразу сбыть не удалось, пришлось остаться и даже институт бросить.

— И где они жили?

— У Тыну, в Силамяэ. Это рядом. «Пассат» Гарика, он тоже местный. За десять процентов подписался покупателей найти.

— А почему Костя Антоном прикидывался?

— Говорит, конспирация. Засады боялись.

— Погоди, а это тогда кто такой?

Георгий кладет на стол фотографию, врученную нам замполитом. Крис отрицательно качает головой.

— Впервые вижу.

— Так надо у самого Антона, в смысле Кости, спросить, — разумно предлагаю я.

Крис приводит Стародуба-младшего. Жора сует ему под разбитый нос фотографию.

— Это кто?

— Леха. Брательник мой двоюродный. Дяди Ильи сын...

— Жора, — я поворачиваюсь к дорогому напарнику, — тебе шеф фотку лично дал?

— Он сказал, в кабинете на столе взять. А там только эта лежала.

Все ясно... Съездили в командировочку...

— Что ж ты за целый месяц матери не позвонил, охламон?

— А че, надо было?..

* * *

Спустя сутки мы с Жорой идем назад по мосту дружбы. Немного грустно. Крис проводил нас до границы, вручил обещанный «Вана Таллин», и мы обнялись, как давние друзья, договорившись, что непременно приедем еще, даже если Георгию не дадут визу. В Таллинн мы не поехали, к сожалению, надо возвращаться, на родине остался

312

оголенный отдел. Стародубу тоже не звонили, решили обрадовать на очной ставке, предварительно подготовив. С одной стороны, новость не фатально плохая — племянник жив, но с другой... Ладно б, не мы его поймали, ладно б, не «К-9» его крутило... Стародуб кровных обид не прощает.

— Слушай, Андрюхин, — обращается ко мне напарник, — я вот все думаю, на самом деле тот эстонский гаишник оштрафовал Криса, или они нас развели?

— Не знаю, но думаю, оштрафовал.

— Не дай Бог, мы до такого доживем...

На середине моста Георгий достает из кармана несколько патронов и начинает перекладывать их в сумку с ликерами.

— Жора? Ты спятил?! Откуда это у тебя?!

— Вчера в тире на память взял. Ты ж знаешь, я коллекционирую. Вот это от «Глота», эти от револьвера. У меня таких нет.

— Это ж статья! Да еще эстонская! Они своим превышение скорости не прощают, а тебя и подавно оприходуют! Что, к стародубовскому племяннику захотел? Выкидывай, блин, в реку!

— Да брось ты. Не найдут.

— Как не найдут, если там «рамка» стоит? Выкидывай, говорю, пока не поздно!

Жора задумывается, потом нагибается и начинает развязывать шнурки на ботинках.

— А я в носки спрячу.

Все, я этого человека не знаю. И даже не собираюсь заступаться в случае чего. Пускай сам выкручивается.

Знакомый таможенник. Страфстуйте, тофарищи... Я прохожу первым. Рамка звенит. Пока меня тщательно и скрупулезно досматривают, Георгий проскакивает.

— Ну вот, а ты боялся...

Через полчаса мы забираем наши «Жигули» от ивангородского отдела. Пистолет под сиденьем. Жора сует его во внутренний карман, так как свою наплечную кобуру подарил Крису.

— Ч-черт, забыли отдать.

В руке у напарника две пачки стодолларовых купюр. Фальшивых. Если бы с этим его взяли на таможне, да еще с патронами... Представляю Герасима и Тыну в одной камере. Комедия ужасов.

— Бандеролью отправим.

— Верно. Поехали.

Мы ложимся на восточный курс.

— Вот ты послушай, Анрюхин... Почему в голливудских фильмах герой с пистолетом крадется, а курок не взводит? При этом рискует получить пулю в лобешник. И только когда видит врага, взводит курок! Это ж полная чепуха! Какой смысл тогда от каждой тени шарахаться? Или вот еще. Любой боевик возьми — в начале у злодея оружия всякого позарез, вплоть до ядерной боеголовки. Но в финальной драке с героем они бьются только на кулаках. Так ведь не бывает...

Ну все, началось... Пару грядущих часов придется терпеть.

Я оборачиваюсь назад. За горизонт, словно гигантские призраки, степенно уплывают две седые цитадели.

СОДЕРЖАНИЕ

Поп-корн................................... 3
Кошачий коготь............................ 109
Сюрприз 144
Угол отражения 169
Фейерверк................................. 206
Контрольный вызов 238
Братство по оружию 261

Андрей Кивинов

КОШАЧИЙ КОГОТЬ

Рассказы

Ответственные за выпуск
Е. Г. Измайлова, Я. Ю. Матвеева
Корректор
Н. И. Конова
Верстка
А. Н. Соколова

Подписано в печать 12.03.03.
Гарнитура «Newton». Формат 84×108 $^1/_{32}$. Бумага газетная
Печать офсетная. Уч.-изд. л. 8,36. Усл. печ. л. 16,8
Изд. № 03-0185-РП. Тираж 20000экз. Заказ № 4161

Издательский Дом «Нева»
199155, Санкт-Петербург, ул. Одоевского, 29

При участии издательства «ОЛМА-ПРЕСС»
129075, Москва, Звездный бульвар, 23

Отпечатано с готовых диапозитивов
в полиграфической фирме «Красный пролетарий»
127473, Москва, ул. Краснопролетарская, 16

603074, Нижний Новгород
ул. Совхозная, 13, база ОАО «Книга»
тел/факс (8312) 41-84-86
E-mail: olma_nnov@fromru.com
Брусков Алексей Викторович

443070, Самара
ул. Партизанская, 17
Самарский филиал «ОЛМА-ПРЕСС»
тел/факс (8462) 70-57-30
E-mail olma-sam@samaramail.ru
Дорофеев Игорь Викторович

420108, Татарстан, Казань
ул. Магистральная, 59/1
тел. (8432) 78-77-03
E-mail: olma-ksn@telebit.ru
Ессин Алексей Георгиевич

02139, Украина, Киев
ул. Курнатовского, 6, кв.14
ЧП «Васильевский»
тел. (10-380-44) 417-21-16
E-mail: kniga@mboox.com.ua
Папка Василий Романович

644047, Омск
ул. 5-я Северная, 201
тел. (3812) 29-57-00
E-mail: olma-omk@omskcity.com
Прошина Светлана Николаевна

390046, Рязань
ул. Колхозная, 15, офис 15
тел. (0912) 29-66-89
E-mail: olma@post.rzn.ru
Дудукин Андрей Васильевич

350051, Краснодар
ул. Шоссе Нефтяников, 38
тел. (8612) 24-28-51
E-mail: olma-krd@mail.kuban.ru
Касьянов
Александр Геннадьевич

344018, Ростов-на-Дону
пр. Буденовский,104/91
«ЭМИС»
тел/факс (8632) 32-87-71
Макмак Федор Федорович

630117, Новосибирск
ул.Арбузова д. 1/1
Топ-книга
тел. (3832) 36-10-26
E-mail: office@top-kniga.ru
Лямин Георгий Александрович

454036, Челябинск
Свердловский тракт, 14
Интерсервис
тел. (3512) 21-34-42, 21-33-74
E-mail: inter@chel.surnet.ru
Феськов
Андрей Константинович

400131, Волгоград
ул. Скосырева, 5
тел/факс (8442) 37-68-72
E-mail: olma-vol@vlink.ru
Литвинов
Андрей Анатольевич

660001, Красноярск
ул. Копылова, 66
тел/факс (3912) 47-11-40
E-mail olma-krk@ktk.ru
Ильюшин Евгений Алексеевич

620137, Екатеринбург
ООО «УРЦ Фактория-книги»
тел. (3432) 74-54-05
Чежин Андрей Вячеславович

Люмна
тел. (3432) 64-23-62
Рухлов Сергей Михайлович